魯迅——その文学と闘い

檜山久雄

第三文明社　レグルス文庫 267

魯迅——その文学と闘い・目次

第三章　「彷徨」の人

第四章　野の草のつぶやき

第五章　左翼陣営とのかかわり

＊引用文中のふりがなは編集部が付けたものもあります。

はじめに

魯迅には、私がこれからとりあげる小説作者としての顔、雑文作者としての顔のほかに、学者・研究者としての顔、翻訳家としての顔がある。学者・研究者としては、『中国小説史略』や『漢文学史綱要』ほかの業績が残されている。翻訳家としては、日本留学中に訳したジュール・ヴェルヌの科学幻想小説をはじめ、晩年に精魂を傾けたゴーゴリの『死せる魂』まで、その量は創作をはるかに上回る。

また一九三〇年代に展開された新興木版画運動に果たした役割もみのがせない。少年時代から古い小説の挿絵などに深い興味をもっていた彼は、自分の本の装幀に若い画家を起用したばかりでなく、二八年ごろから朝花社を設立して外国の版画を紹介し、三〇年代に入ると、内山完造の弟、嘉吉を招いて講習会を開催し、新しい木版画運動の端緒をひらいた。みずから講習会の通訳を買ってでるほどの熱の入れようだった。

ここで育った若い版画家たち、そして全国の若い版画家たちとの文通はかなりの量にのぼる。彼らをはげまし、助言を与えて、はじまったばかりの新興木版画運動の実質上の指導者となったのである。

外国から版画を輸入して展覧会をひらいたことも何度かある。とくに建国まもないソ連の版画家たちとは交流を深め、彼らの作品を熱心に紹介した。また最晩年には、ドイツの版画家ケーテ・コルヴィッツの作品を自費出版して、若い版画家たちへの贈り物とした。同時にそれは自分の趣味のためでもあった。彼はケーテ・コルヴィッツがよほど好きだったらしく、三一年に柔石《じゅうせき》たち五人の左翼作家が国民党に逮捕処刑されたとき、その抗議のために秘密出版した雑誌にも彼女の作品を掲載している。

しかし私には学者の素養もあまりないし、絵画の知識も乏しいので、これらの重要な魯迅の一面については語るのをひかえた。冒頭に記したように、小説、散文詩と雑感文だけを対象にしたしだいである。

これまで魯迅について、私は二冊の本を出している。一九七〇年に三省堂新書の一冊として出した『魯迅――革命を生きる思想』と、七七年に第三文明社から出版した『魯迅と漱石』である。前者は雑誌『新日本文学』に連載したものに加筆して成った。私にとって最初の本である。後者は、標題が示すようにわが日本の夏目漱石との比較論である。漱石は私の大好きな日本の作家であり、魯迅と比べることで、日本と中国の近代史の違い、にもかかわらず文学上の相似点をとりだしたかった。

振り返ってみると、魯迅とつきあってもう六十年になる。この前の戦争が終わって、二年後に旧制第一高等学校文科に入学し、第二外国語が中国語だったので、そこで魯迅の『野草』を読まされたのが最初である。ずいぶん無茶な授業のやり方だったと思うが、こんな暗い思想の持ち主が中国にはいたんだと思ったことをいまでも覚えている。大学の卒論も瞿秋白《くしゅうはく》の『魯迅雑感選集』だった。

以後も折りにふれて魯迅のことを書いてきた。どうやら私にとって、魯迅は現代中国を代表する文学者である以上に、自分の内部に棲《す》みついてしまったらしい。彼抜きに、私の存在自体が考えられなくなったといっていい。

こんどの魯迅論も、その延長上に書かれている。前二著と基本的観点は変わりようがないけれども、今回の執筆には、もう八十歳近い私の全生涯がかかっている。そんなつもりでこれを書いた。

とくに強調したかったのは、彼の生きた時代の暗さと、その暗さと格闘した彼の筆の勁《つよ》さである。彼は時代の暗さを「暗黒」と呼びならわして、たとえば一九二八年の当時のプロレタリア文学派からの非難に答えて、「しかし暗黒であるからこそ、救われる路がないからこそ、革命が必要ではないのか。」と反問した。中国革命史の観点からみれば、時代が暗黒一色とは考えない。革命成功後の文学史や歴史教科書が描きだすように、一九一九年の五四《ごし》運動や二五年の上海ではじまった大ストライキ、三〇年代の左翼作家連盟の運動など、魯迅と同時代にも明るい曙光《しょこう》はたしかにいくつもあった。ただ魯迅は、そのような明るい側面よりも、暗い面を凝視《ぎょうし》しつづけた。そして自分を、転換する時代の「中間物」と位置づけたのである。

こうした「中間物」としての自己限定は、敵と味方をはっきり分けるその筆致にもよく表れている。その分け方はときに偏屈《へんくつ》でさえあった。味方、あるいは友と認めたものには限りなく温かかった。のちに上海でいっしょに暮らすことになる許広平《きょこうへい》やその女子学生仲間へのいたわり、三〇年代に知り合った馮雪峰《ふうせっぽう》や瞿秋白《くしゅうはく》など若い文学者への共感などをみれば、その暖かい眼差しは歴然としている。

いっぽう、陳源《ちんげん》たち「正人君子」への怒りや、顧頡剛《こけつごう》への執拗《しつよう》な諷喩《ふうゆ》、国防文学論争での周揚《しゅうよう》や田漢《でんかん》らへの軽蔑などは、とても尋常とは思えないくらいである。好悪ともに人一倍激しい感情の持ち主だった。私にはとても真似《まね》ができない感情表現だけれども、そんな側面も私には好きな理由である。

さらに今回は、前二著よりも伝記にかかわる面を少し大きく扱った。魯迅にははじめて接する読者のことを考えてのことである。戦後しばらくは日本の中学、高校の国語教科書に魯迅の作品が載っていた。「藤野先生」や「故郷」などである。いまはそれもなくなって、魯迅は若い人たちには遠い存在になってしまった。それどころか、中国そのものへの感情が年々悪化している。

しかし二十代の大半を日本で過ごした魯迅は、ある意味で生涯日本びいきだった。日本語で書かれた文章もいくつか残されている。そんな一面も私は書いておいたつもりである。どうか日本の若い読者も、魯迅びいきになってほしい。これが私の念願である。

最後に筆名について一言しておきたい。本名は周樹人《しゅうじゅじん》、魯迅は「狂人日記」にはじめて使ったペンネームである。以後その名前で通すことになったが、そのほかにも留学期に使用した「索子《さくし》」や「迅行《じんこう》」をはじめ、生涯に百二十を超える筆名・変名を使っている。ことに三〇年代にそれが多いのは、国民党の弾圧をかいくぐるためだった。

ただ国民党の検閲で削られた原稿なども、一冊の本にまとめたときには、可能なかぎり復元して収録してあるから、安心して使うことができる。また、ときどきの講演なども、あとで魯迅がちゃんと目を通したものは単行本に収録されているので、そのまま使った。このことを断って、以下本論に入ろう。

序章　原点としての日本留学

この時この場所で私の考えは変った。（「藤野先生」）

医学から文学への転身

魯迅の思想・文学の原型が形づくられたのは、日本留学期である。一八八一年、紹興《しょうこう》に生まれた彼が、南京の鉱務鉄路学堂を卒業して、官費留学生として渡日したのが一九〇二年、二十一歳のときだった。入学した先は東京高等師範学校長嘉納治五郎《かのうじごろう》が清国留学生のために作った弘文学院。そして二年後に仙台の医学専門学校に進んだ。そこで出会った解剖学の教授藤野厳九郎《ふじのげんくろう》のことは、のち『朝花夕拾《ちょうかせきしゅう》』に収める「藤野先生」に描かれている。その「藤野先生」中の記述によれば、

「だが私はつづいて、中国人の銃殺されるのを参観する運命にめぐりあった。第二学年では細菌学の授業があって、細菌の形態はすべて幻灯で映して見せるが、授業が一段落してもまだ放課にならぬと、ニュースを放映してみせた。むろん日本がロシアとの戦争で勝った場面ばかりだ。ところがスクリーンに、ひょっこり中国人が登場した。ロシア軍のスパイとして日本軍に捕えられ、銃殺される場面である。それを取りまい

て見物している群集も中国人だった。もうひとり、教室には私がいる。

《万歳》万雷の拍手と歓声だ。

いつも歓声はスライド一枚ごとにあがるが、私としては、このときの歓声ほど耳にこたえるものはなかった。のちに中国に帰ってからも、囚人が銃殺されるのをのんびり見物している人々がきまって酔ったように喝采《かっさい》するのを見た――ああ、施す手なし！　だがこの時この場所で私の考えは変った。」

医学から文学への転身である。この間の事情を『吶喊《とっかん》』の自序ではこう記す。

「その学年がおわる前に、私は東京にもどっていた。あのことがあって以来、私は、医学などは肝要でない、と考えるようになった。愚弱な国民は、たとい体格がよく、どんなに頑強であっても、せいぜいくだらぬ見せしめの材料と、その見物人になるだけだ。病気したり死んだりする人間がたとい多かろうと、そんなことは不幸とまではいえぬのだ。むしろわれわれの最初に果すべき任務は、かれらの精神を改造することだ。そして、精神の改造に役立つものといえば、当時の私の考えでは、むろん文芸が第一だった。そこで文芸運動をおこす気になった。」

仙台医専を中退して東京に戻ったのは一九〇六年春である。

ところが七月には急遽《きゅうきょ》帰国して結婚式にのぞむ破目になる。母親の病気と偽って呼びもどされたのだというが、この結婚は魯迅にとって生涯の重荷となった。相手の朱安《しゅあん》は、三歳年上なのはともかく、纏足《てんそく》をした、文字を解さない旧弊《きゅうへい》そのものの女性だった。いかに母親のたっての要望だったとはいえ、日本ですでに近代生活になじんだ魯迅にとっては、受け入れがたい結婚だった。わずか四日の滞在で、官費留学の決まっていた弟の周作人《しゅうさくじん》を伴い、あたふたと東京に舞いもどってしまった。のちに彼は許寿裳《きょじゅしょう》に語っている。「これは母親がくれた送りものであり、ただ孝養をしっかり尽すだけ、愛情は私の知るところではない。」と。

明けて一九〇七年、文芸雑誌『新生』の発刊にとりかかった。だが表紙の図案まで決めたところで、あえなく流産。原稿の書き手にも資本にも逃げられて、残ったのは〝一文なしの三人〟つまり魯迅、作人、それに弘文学院時代からの親友、許寿裳だけだった。のちに魯迅は、『吶喊』自序のなかで、「これまで経験したことのない味気なさを感ずるようになったのは、それからあとのことである。」と記し、この寂寞《せきばく》はさらに日一日と成長して、巨大な毒蛇のように私の魂にまつわりついたと述べている。

しかし『新生』に載せるはずだった論文が、その後ぞくぞくと留学生の雑誌『河南』に発表された経緯を見ると、執筆意欲までが衰えたわけではなさそうだ。いうところの〝寂寞〟が深まるのは、辛亥《しんがい》革命の挫折を郷里で体験してからだったように思う。

雑誌『河南』に掲載された論文のうち、「人の歴史」と「科学史教篇」は、ダーウィンの進化論にもとづく科学論文の一種といってよく、当時の魯迅の西洋科学にたいする信仰をよく示している。同時にシェイクスピアら偉大な芸術家にも言及するあたり、文学者魯迅の誕生を告げるものでもあったろう。

いっぽう「摩羅詩力説《まらしりょくせつ》」や「文化偏至論」は、留学期魯迅がはじめて自説を展開した文学論である。バイロンをはじめ、シェリー、プーシキン、レールモントフ、ミッキェヴィッチからペテーフィまで、摩羅すなわち悪魔派の詩人たちを顕彰した「魔羅詩力説」は、神と争い、俗衆をしりぞけ、独力で立つ詩人たちの戦いを、力を込めて描きだしている。

「文化偏至論」は、一時代の文化はかならず偏至（偏向）するものだという歴史観にもとづいて、十九世紀のヨーロッパの思潮も、物質文明と衆愚政治に偏至した。これに反抗して新思潮を打ちだしたのが、ニーチェやキェルケゴールたちの個人主義・主観主義の提唱である。それが二十世紀の主な潮流になるかどうかはまだわからぬにしろ、劣弱に甘んじる中国の改革にもっとも必要なのは、こうした精神と個性を尊重する〝人間の確立〟だというあたり、文芸運動を志した当時の魯迅の信念をよく表現しているといえるだろう。そのころ机辺にいつもニーチェの『ツァラトゥストラはかく語りき』が置かれていたというから、俗衆を排して独り立つその超人説は、魯迅にとって親近を覚える考え方だった。彼もまた、個性を重んぜず、物質文明の模倣に明け暮れ、〝天才〟を殺すような当時の改革の一般的風潮に我慢がならなかったのである。

これら二論文にたいして、最後に書かれた「破悪声論」には、俗衆への非難や「天才」待望論はみられない。かわりに農民階層のいわゆる「迷信」について、これを擁護するような論調が前面に出ている。朴素の民こと中国の農民たちは「年ごとに天の恵みに感謝を捧げ、自らもその祝いの席につらなって、大いに飲み食いし、これによっていささか心身を休めるとともに、また新しい労働のための備えともする」のであって、彼らの「迷信」はけっして非難さるべきではない。龍などの想像上の動物にたいする信仰も、むしろその想像力の豊かさをたたえるべきである。

このころ魯迅は清朝打倒をめざす革命組織である光復会に加入し、その光復会の先輩で、孫文ひきいる同盟会の機関誌『民報』の主筆でもあった章炳麟《しょうへいりん》のところへ通って、「国学講習会」の授業を受けていた。したがって「破悪声論」には、そうした章炳麟の思想的影響も当然ながらみられたはずである。とくにその復古的な民族主義、農民階層にたいする深い理解などである。おそらくこうした章炳麟的農民観に、魯迅自身の幼少年時代に接した農民階層への親近感が結びついて、こうした論調が生まれたものであろう。後年の小説「故郷」や「宮芝居」などにみられる純朴な農民たちへの親近感である。

いっぽう「破悪声論」には、ヨーロッパ列強の中国侵略にたいする強い非難もみられる。禽獣《きんじゅう》から進化してきた人間の内部には、「獣性」が残らざるをえず、その「獣性」の発露がヨーロッパによる中国侵略だというのである。こうした危機感は彼の生涯をつらぬくモチーフであり、またたからこそ、その侵略を美化するような改良派の主張を、「獣性」より下等の「奴隷性」としてしりぞけることにもなるのである。

ただこの論文は前半だけが『河南』に載って、後半部分は書かれずじまいに終わった。後述する『域外小説集』の翻訳にかかりきったせいか、あるいは書く意欲を失ったせいかはよくわからない。

一九〇九年三月と七月に、魯迅は弟の作人と共訳で『域外小説集』二冊を刊行している。ヨーロッパの短篇小説十六種を収め、文体は章炳麟ばりの難解な古文である。魯迅が訳したのはアンドレーエフの「嘘」と「沈黙」、ガルシンの「四日間」の三編である。周作人訳もワイルドとモーパッサン、ポーを除けば、ロシアや周辺の弱小民族の文学作品で、当時の日本文学の主流が英仏独など先進諸国に集中していたのに較べて、異色といえば異色だった。魯迅たちの関心のありようがわかる選択である。

ただし売れ行きは芳《かんば》しくなかった。東京で二十冊前後、上海でもほぼ同様であり、できたら三巻以降も予定していたらしいが、断念せざるをえなかった。文芸雑誌『新生』の流産といい、『域外小説集』の売れ行き不振といい、魯迅にとっては〝寂寞〟が深まる事態だったにちがいない。しかし現在の私からすれば、それらの事態は当然予想できたはずである。『新生』準備の段階で、まわりの留学生仲間からはすでに異様な企図《きと》とみられていたように、そのころの中国では近代文学はまだ萌芽《ほうが》さえみられなかったころである。挫折して当たり前だった。魯迅の計画は独り相撲に終わるしかなかったのである。

日本びいき

仙台から戻って東京で暮らした三年間の日常生活については、周作人の回想があらましを伝えている。それによると、本郷界隈《かいわい》での三年間、魯迅は日本の和服姿で通し、外出時は袴《はかま》を着用したそうだ。ときには下駄ばきで散歩に出ることもあった。留学生が苦手にしていた畳にも坐ることができた。日本人の書生と変わらない日常生活に馴《な》染《じ》んでいたのである。晩年、肺結核が悪化して転地療養を考えたとき、日本の長崎が候補地にあがったこともある。上海で暮らした最後の十年間、内山書店店主完造との友誼《ゆうぎ》はだれでも知っている。上海でのかかりつけの医者も、日本人医師須藤五百三《すどういおぞう》だった。そんな魯迅を、日本のスパイ視する噂もあったとか。

一九三一年三月、内山完造あて佐藤春夫の紹介状をもって上海を訪れた増田渉《ますだわたる》を、毎日自宅に呼んで『中国小説史略』の講解をつづけ、さらに『吶喊』と『彷徨《ほうこう》』の講読まで、およそ十カ月にわたって親切に面倒をみたのも、増田青年の人柄に惚《ほ》れこんだせいもあったろうが、同時に、かつて藤野先生から受けた厚意を日本人の青年に返そうとする意図もあったのではないか。内山書店での対面のとき、「藤野先生」の入った『朝花夕拾』を贈ったというから、あながち無理な憶測ではないはずである。

以上のようなことからして、魯迅は日本人が好きではなかったろうかと思っている。厨川白村《くりやがわはくそん》の『苦悶の象徴』をはじめとして、日本人の著作の翻訳も数多いし、昇曙《のぼるしょ》夢《む》や外村《そとむら》史郎などの日本語訳からの重訳もたくさんある。日本語のエッセイさえ何編か書いている。

むろんそのいっぽうで、当時の日本の侵略企図にたいする批判は鋭いものがあったし、面会に来る日本の有名人の無理解についても苦言を忘れない。一九三六年、日本の『改造』四月号に書いた「私は人をだましたい」の一節にはこうある。

「こんなものを書くにも大変良い気持でもない。云ひたいことは随分有るけれども『日支親善』のもっと進んだ日を待たなければならない。……自分一人の杞憂《きゆう》かも知れないが、相互に本当の心が見え瞭解《りょうかい》するには、筆、口、或は宗教家の所謂《いわゆ》る涙で目を清すと云ふ様な便利な方法が出来れば無論大に良いことだが、併し恐らく斯《かか》る事は世の中に少ないだろう。悲しいことである。出鱈目《でたらめ》のものを書きながら熱心な読者に対してすまなくも思った。

終りに臨んで血で個人の預感を書添へて御禮とします。」

「血で個人の預感を書添へた」その予感は、一年後の日中全面戦争の開始で、みごとに実現してしまった。日本人が好きだったぶん、批判・苦言も多くなる。そんな関係だったように私には思われる。「相互に本当の心が見え瞭解する」「日支親善」の日を、魯迅ほど切実に望んでいたものはいなかったのではないだろうか。

なお、弘文学院時代の評論類を含めて、留学期の魯迅の論文に、そのころの日本人の著述を下敷きにしたものが多かったことが、近年、日本人の研究で明らかにされている。北岡正子の『摩羅詩力説材源考』にはじまり、伊藤虎丸や中島長文などの丹念な材源調べである。私自身それらの研究成果から多くを学んだものであるが、それらの下敷きはあくまで「吸収」であって、けっして剽窃《ひょうせつ》とか模倣《もほう》なんかではなかった。このことは、その時期の魯迅がいかに熱心な読書家だったかを示しているのである。

日本人の著述だけではない。レクラム文庫などのドイツ書も熱心に読んでいたことが、周作人の回想に伝えられている。

第一章　「狂人日記」の狂気

最初の革命は、満州朝廷を倒すことだから、割にやさしくできたのです。その次の改革は、国民が自分で自分の悪い根性を改革することなので、そこへ来て尻込みしてしまいました。ですから、今後もっとも大切なことは、国民性の改革です。

（『両地書』）

「鉄の部屋」はこわれるか

一九〇九年八月、魯迅は帰国する。一足先に杭州《こうしゅう》の浙江《せっこう》両級師範学堂の教務長に就任していた許寿裳《きょじゅしょう》に誘われて、同校の生理学と化学の教員になるためである。ほんとうはドイツに再留学したい希望をもっていたのだが、紹興の実家の家計をささえる必要と、日本人女性と結婚して留学をつづけていた作人を援助するためだったという。周家の長男としての苦衷《くちゅう》がしのばれる選択だった。

一年後、魯迅は郷里紹興の中学堂に移って、辛亥《しんがい》革命をむかえる。清王朝の転覆はかねてからの願いだったから、革命の到来を喜ばなかったはずはない。紹興にも革命の波がおよぶと、彼は師範学堂の校長に任命され、学生たちといっしょに『越鐸《えったく》日報』を創刊し、その創刊の辞につぎのように語っている。

「われわれは匹夫《ひっぷ》だからといって、どうして天下に関わらず、北方の夷狄《いてき》を戴《いただ》いていたときのようにしていられようか。共和の治であれば、人は責任をになって、ひとしく主人となり、奴隷とは異なるべきである。」

だが、その期待はながくつづかなかった。元来が秘密結社出身の王金発《おうきんはつ》が都督《ととく》に就任すると、最初は革命派に有利な政策をとったものの、すぐに旧官僚や地方の紳士階級にとり込まれて、革命派を抑圧しはじめた。魯迅が校長を務める師範学堂も例外ではなく、学校の予算は削られ、『越鐸日報』も干渉されて、彼が郷里を去る原因となった。

革命の成り行きに失望した魯迅は、一九一二年二月、校長を辞任して、南京に成立したばかりの臨時政府教育部に就職する。これも許寿裳の推薦であり、郷里の先輩蔡《さい》元培《げんばい》が教育部の総長に就いていていた。

ところが、南京の共和国政府をひきいる臨時大総統孫文《そんぶん》は、就任わずか一カ月で、清王朝の軍閥だった袁世凱《えんせいがい》に実権を奪われ、下野せざるをえなかった。首都も北京に移された。

魯迅も五月初め北京に赴《おもむ》いた。職務は社会教育司第一科科長、博物館や美術館、図書館などを管掌《かんしょう》する部署である。「美育」を重視して魯迅の見識・才能を見込んだ蔡元培の配慮だった。その蔡の求めに応じて、教育部主催の夏期講演会の講師を務めたりしている。

だが袁世凱の帝制野望が強まるにつれて、職場の雰囲気は悪くなるばかりであり、頼みの上司、蔡元培も抗議辞職してドイツへ去り、いうところの拓本《たくほん》集めの逼塞《ひっそく》生活がはじまる。「狂人日記」を発表して再登場するまでの教育部での生活ぶりについては省略するが、この間の魯迅の心境を説明する材料として、以下の手紙の一節を紹介しよう。女子師範大学で魯迅の教え子だった許広平との往復書簡集『両地書』の一九二五年三月末日の手紙である。

「民国元年（一九一二年）のことをいえば、あのときはたしかに光が満ちていました。私も当時、南京政府の教育部にいて、中国の将来に希望を抱いていました。もちろん、そのころとて下劣なやつは、いるにはいましたが、結局は失敗したのです。民国二年の第二革命の失敗後になってから、だんだん悪くなり、それがひどくなって、ついに今日の状態にまで来てしまったのです。……最初の革命は、満州朝廷を倒すことだから、割にやさしくできたのです。その次の改革は、国民が自分で自分の悪い根性を改革することなので、そこへ来て尻込みしてしまいました。ですから、今後もっとも大切なことは、国民性の改革です。そうでなければ、専制であろうと共和制であろうと、その他何であろうと、看板を変えただけで品物が元のままでは、お話にならぬのです。」

文中にいう「第二革命」とは、一九一三年七月に孫文が袁世凱討伐の蜂起をおこしたことをさす。しかし多くの犠牲者を出しながら、あえなく敗北した。

一九一四年には第一次世界大戦もはじまっている。そしてこの機に乗じて、中国国内での日本の権益拡大をはかるべく、日本政府は袁世凱にたいして「対華二十一カ条」の要求を突きつけた。

世情は混沌としていた。魯迅とて一喜一憂したにちがいない。しかし許広平あて手紙にもあるように、彼が見据えていたのは、「国民が自分で自分の悪い根性を改革すること」すなわち「国民性の改革」だった。それなしに中国の革命はありえないという留学期以来の信念である。しかし現状は、国民が「尻込み」したために悪くなるばかりだ。〝寂寞《せきばく》〟が深まるゆえんである。

作品の底を流れる狂気

ただこうした世情に反抗して、青年に覚醒を呼びかける声も、一部にあがりはじめた。陳独秀《ちんどくしゅう》編集の『新青年』（最初の一年は『青年雑誌』）である。一九一五年、上海で創刊された同誌は、儒教倫理の全面批判とヨーロッパモデルの「全面洋化」を特色とする思想革命を唱えた。二年後には北京大学総長蔡元培の招きで同大学の文化科長に就任し、『新青年』の発行元も北京に移った。周作人が郷里から出てきて北京大学の教授に就いたのもこの年である。

そして一七年一月、留学先のアメリカから投稿した胡適《こてき》の「文学改良芻議《すうぎ》」が『新青年』に載って、新しい口語文学を提唱し、翌月にはこれを受ける形で陳独秀が「文学革命論」を執筆し、平民文学・写実文学・社会文学の必要を説いた。思想革命に文学革命が加わって、『新青年』の影響力は飛躍的に大きくなった。上海での創刊当時わずか一千部だった発行部数が、北京に本拠を移したころから一万五、六千部に増えたという。

そんな折り、日本留学時代からの友人で、『新青年』の同人だった銭玄同《せんげんどう》が魯迅を訪ねて、同誌への寄稿を依頼する。そのときの二人のやりとりが、有名な「鉄の部屋の喩え」として『吶喊《とっかん》』自序に紹介されている。

「かれらは『新青年』という雑誌を出している。ところが、そのころは誰もまだ賛成してくれないし、といって反対するものもないようだった。かれらは寂寞におちいったのではないか、と私は思った。だが言ってやった。

《かりにだね、鉄の部屋があるとするよ。窓はひとつもないし、こわすことも絶対にできんのだ。なかには熟睡している人間がおおぜいいる。まもなく窒息死してしまうだろう。だが昏睡状態で死へ移行するのだから、死の悲哀は感じないんだ。いま、大声を出して、まだ多少意識のある数人を起こしたとすると、この不幸な少数のものに、どうせ助かりっこない臨終の苦しみを与えることになるが、それでも気の毒と思わんかね》

《しかし、数人が起きたとすれば、その鉄の部屋をこわす希望が、絶対にないとは言えんじゃないか》

そうだ。私には私なりの確信はあるが、しかし希望ということになれば、これは抹殺はできない。なぜなら、希望は将来にあるものゆえ、絶対にないという私の証拠で、ありうるというかれの説を論破することは不可能なのだ。そこで結局、私は文章を書くことを承諾した。これが最初の『狂人日記』という一篇である。」

この文章には、魯迅一流の照れがかくされているようにも思う。ただその直後に記すように、自分の寂寞の悲しみが忘れられないので、同じように寂寞のただなかを突進する勇者に、安んじて先頭を駆けられるよう、慰めのひとつも献じたい、というのは本音だったろう。

こうして生まれた「狂人日記」は、『新青年』の一九一八年五月号に掲載され、中国近代文学の嚆矢《こうし》とされる名誉をになった。「はじめに」で述べたように、魯迅という筆名もこのときはじめて用いられた。「魯」は母方の姓、「迅」は「迅行」など留学時代のペンネームからとった。

ただしこの小説、狂人の日記を手に入れたいきさつを記す序にあたる最初の部分だけは、古文で書かれている。以後の小説には例をみない古文の使用は、現代文の小説にはじめて接する読者にたいするサービスだったろうか。

ともあれ本文のほうは、被害妄想狂患者の日記という体裁をとっている。その被害妄想とは、自分が人に食われるという恐怖である。他人にだけではない。兄までが自分を食おうとしている。歴史書をひもとけば、「仁義道徳」のまことしやかな文字の背後には、「食人」の二文字がかくされている。

だがそのうちに、死んだ妹の肉を自分も食べていたという事実に気づいて、「四千年の食人の歴史をもつおれ。はじめはわからなかったが、いまわかった。まっとうな人間に顔むけできぬこのおれ。」と自分を責めたあと、「人間を食ったことのない子どもは、まだいるかしら？　せめて子どもを……」で結ばれる。

弟の周作人は、解放後「周《しゅう》遐寿《かじゅ》」の名で発表した『魯迅小説中の人物』のなかで、思いのほか辛口の批評をこの「狂人日記」にくだしている。

「これは礼教打倒の一篇の宣伝文章であって、文芸と学術問題はいずれも二義的なことであった。」ときびしい断案を加えたあと、その理由として、「この文章は狂人の日記とはいいながら、その実、思考の筋道ははっきりしており、一貫した条理があり、精神病患者のよく書き得るものではない。作中の被害妄想狂の呼び名は、もともと一個のまくらに過ぎない。」と書いている。

たしかにこの小説、前半部は被害妄想狂患者の恐怖がそれなりによく書かれていると思うが、兄の説得にのりだす後半部からは、条理が一貫しており、「精神病患者のよく書き得るものではない」と私も認める。

「ちょっとしたことなんです。それがうまく言えないんです。兄さん、たぶん大むかしは、人間が野蛮だったころは、だれでも少しは人間を食ったんでしょうね。それが後になると、考えが分かれたために、あるものは人間を食わなくなって、ひたすらよくなろうと努力し、そして人間になりました。まっとうな人間になりました。ところが、あるものは相変らず人間を食った――虫だっておなじです。あるものは魚になり、鳥になり、猿になり、とうとう人間になりました。あるものは、よくなろうとしなかったために、いまでもまだ虫のままです。この人間を食う人間は、人間を食わない人間にくらべて、どんなにはずかしいでしょうね。虫が猿にくらべてはずかしいより、もっともっとはずかしいでしょうね。」

こうした論理運びが、被害妄想狂患者のよくなしうるものとは到底思えない。どうみても留学期以来の作者自身の論理である。「四千年の食人の歴史をもつおれ」という最後の自覚も、狂人のそれというよりは、作者自身のものであろう。周作人の辛口批判に、私も半分は納得せざるをえない。

半分納得というのは、にもかかわらず、だから「一篇の宣伝文章」とは思わないからである。作品の底にはもうひとつ別の狂気が流れている。その狂気が「一篇の宣伝文章」から作品を救いだし、独立の文学作品たらしめているのである。

「文学革命」の実績を示した作品

私のいう狂気は、たとえば「狂人日記」の七年後に書かれた「ふと思いついて」と題する雑感文に、「思うに、私の神経は、ひょっとして錯乱しているのではあるまいか。でなかったら、恐ろしいことだ」と書かれている、その「錯乱」にかかわる狂気である。なぜ錯乱しているのかというと、辛亥革命からまだ十四年しかたっていないのに、民国のできた根本がとっくに失われてしまったように感じられる。しかも革命以前に奴隷だった自分は、革命以後いつのまにか奴隷に騙《かた》られて、彼らの奴隷になってしまった。これは自分の神経が錯乱しているせいなのか、それとも現実のほうが錯乱しているのか。そう問うことで筆者は、革命の理念を喪失した現状を批判しているのだが、同時に、おのれ自身の錯乱をも感じている筆者がそこにいるように思われる。

現実を透視する筆者の意識が醒《さ》めてあればあるほど、内部の錯乱も昂《こう》じてこざるをえない。そのような意味での錯乱・狂気が、「狂人日記」にも底流しているように思われるのである。

作者自身は、晩年に書いた「『中国新文学大系』小説二集序」のなかで、自作についてつぎのように振り返っている。

「ここで創作の短編小説を発表したのが、魯迅であった。一九一八年五月から、『狂人日記』、『孔乙己《クンイーチー》』、『薬』などが、続々と現れて、とうとう『文学革命』の実績を示したし、当時、『表現の深刻と形式の特異』が認められたため、一部の青年読者の心をかなり激しくゆさぶった。……しかし、あとから現れた『狂人日記』は、家族制度と礼教の弊害との暴露を意図していて、ゴーゴリの憂憤《ゆうふん》よりも深く広かったが、むしろニーチェの超人のほうが渺茫《びょうぼう》としていた。」

ゴーゴリに言及するのは、同題の作品がゴーゴリによってすでに書かれていて、魯迅は留学期にそれを読んでいたからである。ニーチェの超人説については、すでに何度も触れているとおりである。この文章では、魯迅は往年の自作について、ニーチェの超人の渺茫にはおよばないまでも、ゴーゴリよりは憂憤が深く広かったと、かなり自負しているようにみえる。前出の周作人の批評では、やはりゴーゴリの『狂人日記』と比較して、明らかな影響関係を指摘したあと、「だがゴーゴリには精神病を病んだ経験がある。」と記して、そうした経験をもたない魯迅の作品の欠陥を暗に非難していた。

どちらが正しいかはいま問わない。私としては、魯迅本人が「狂人日記」のできばえに、かなりの自信をもっていたらしいことを指摘すれば足りる。

最後に、この「狂人日記」の最終句、原文「救救孩子……」について、私の考えを述べておきたい。私はこの日本語訳を、竹内好《よしみ》さんへの敬意から、「せめて子どもを……」とする『魯迅文集』の訳語を使った。しかしこの「救救孩子……」、作者魯迅の、せめて子どもだけは救いたいという切実な願いは、竹内さんを含むこれまでの旧訳「子どもを救え……」でも、充分に表現されているのではないだろうか。竹内さんは、旧訳が単純な命令形ととられるのを危惧《きぐ》したようだけれでも、私の語感では、どちらの訳でも作者の切実な願いは表現しえている。訳者竹内さんの苦心のほどは諒《りょう》解《かい》しながら、わざわざ「せめて子どもを……」と訳し直すまでもなかったように思うのである。

第二章　魯迅流の「吶喊」

思うに希望とは、もともとあるものともいえぬし、ないものともいえない。それは地上の道のようなものである。もともと地上には道はない。歩く人が多くなれば、それが道になるのだ。

（「故郷」）

希望のありか

次作「孔乙己《クンイーチー》」は、咸亨《かんきょう》酒店で燗番《かんばん》をつとめる少年の目で、孔乙己と綽名《あだな》される科挙の落第書生の滑稽な姿をとらえた佳作である。孔乙己は長衣を着た読書人でありながら、短衣の労働者たちがたむろするスタンドで酒を飲んでいる。昔は学問をしていたらしいが、「秀才」の試験にも受からずに、他人の書物の筆写でかろうじて生計をたてている老貧乏書生である。そんな彼の滑稽な姿を、この小説は巧みに活写している。

発表は前作と同じく『新青年』、一九一九年の四月である。ときあたかも五四の学生運動と重なった。小説発表から間もない五月四日、北京の学生三千余名が日本による「二十一カ条要求」の撤回を叫んで、天安門前で集会を開き、その後親日派の曹汝霖《そうじょりん》邸に押しかけて、居合わせた駐日公使章宗祥《しょうそうしょう》を殴打するなどした。のちに五四運動と呼ばれて、毛沢東が『新民主主義論』でこの日を革命の出発点としたことはよく知られている。

ところがこの日の魯迅の日記は、ふだん通りに日常の自分のことを記すのみで、学生たちの行動についてはまったく触れていない。

それどころか、ちょうど一年後の一九二〇年五月四日の宋崇義《そうすうぎ》（浙江両級師範学堂時代の教え子）にあてた手紙では、「近年来、国内は不穏で、学園にまで影響が及び、紛《ふん》擾《じょう》はもう一年になります。世の保守派はこの事実を乱の源だとし、革新派の方はまた賞賛がすぎます。全国の学生は禍根《かこん》と言われたり、志士だとほめられたりしています。しかしながら小生から見れば、中国にとっては実に何の影響もないのであって、ただ一時の現象であるにすぎません。それを志士と言うのは買いかぶりですが、禍根と言うのもはなはだ濡れ衣です。」と述べて、五四以来の学生運動を「ただ一時の現象」と切って捨てている。

五月四日の北京の学生運動は、翌月には上海や南京にも波及し、労働者たちのデモとなって、ときの段祺瑞《だんきずい》政府の譲歩をひきだすことに成功した。逮捕された学生たちの釈放、曹汝霖・章宗祥たちの罷免《ひめん》、さらにパリ講和会議からの代表ひきあげなどの成果を勝ちとったのである。にもかかわらず、魯迅は学生たちの行動を「ただ一時の現象」と切って捨て、同じころの創作でも、この「孔乙己」をはじめ、つぎの「薬」（『新青年』一九年五月号）、「明日」（『新潮』一九年十月号）など、矢つぎばやに執筆された小説は、どれも当時の革新的な風潮とは無関係だった。「薬」は肺病病みの息子に、処刑された若い志士の血を塗った「人血饅頭」を食べさせる話であり、魯迅もよく知っている同郷の女性革命家秋瑾《しゅうきん》を記念して書かれたとされる。「明日」は単四嫂《シャンスーサオ》子《ズ》という後家が、三歳の息子の病気をどうすることもできず、死なれて葬儀を出すまでの話である。北京の学生運動に代表されるような当時の革新的な風潮とはまったくつながらない。

にもかかわらず魯迅の作品が一部読者に歓迎されたのには、そのころまだ実作者が少なかったことも挙げられよう。新しい詩の方面では、胡適《こてき》をはじめ何人かの『新青年』同人たちが試みているけれども、小説の新しい作者が現れはじめるのは、一九二一年に文学研究会が結成されたころからである。この研究会は中国最初の近代文学研究、実作の団体であり、同人には魯迅の弟周作人や茅盾《ぼうじゅん》、孫伏園《そんふくえん》、実作者の許地山《きょちざん》、王統照《おうとうしょう》らがいる。また同研究会以外にも、女流作家謝冰心《しゃひょうしん》の「問題小説」などが話題を集めたけれども、かれらの作品はどうみても魯迅のものより見劣りするといわざるをえない。まだ近代小説の誕生期だったのであり、すでに留学期以来の文学実績をもつ魯迅にかなうはずはなかった。

その後も魯迅は着実に創作をつづける。「小さな出来事」(一九年十二月)、「から騒ぎ」(二〇年九月)、「故郷」(二一年五月)、そして「阿Q正伝」(二一年十二月〜二二年二月)などである。

これら諸作品のうち、「故郷」は一九一九年暮れに、紹興の家をたたんで母親や妻の朱安をひきとるべく帰郷したときの体験を基にして書かれている。「きびしい寒さのなかを、二千里のはてから、別れて二十年にもなる故郷へ、私は帰った。」にはじまり、かつて少年時代のあそび仲間で、尊敬さえもしていた閏土《ルントウ》との再会が描かれる。

彼はふだん海辺で暮らす農民の子であり、ときどき「私」の屋敷に手伝いに来る父親に伴われて、少年「私」の友だちとなったのである。彼は自分の知らないいろんな知識を伝授してくれた。

しかし二十年後、再会した閏土は、昔のつやのいい丸顔から皺《しわ》だらけの黄色い色つやに変り、すっかり落ちぶれた農民に変身していた。そして「閏《ルン》ちゃん、よく来たね……」という「私」の呼びかけに、突ったったまま「旦那さま！……」と答えるのである。

これを聞いた「私」の感懐を、作者はつぎのように記している。

「私は身ぶるいしたらしかった。悲しむべき厚い壁が、ふたりの間を距《へだ》ててしまったのを感じた。私は口がきけなかった。」と。

そのあと船に揺られながら郷里を離れる最後の段落で、作品はつぎのように語られる。

「希望という考えがうかんだので、私はどきっとした。たしか閏土が香炉《こうろ》と燭台《しょくだい》を所望したとき、私は相変らずの偶像崇拝だな、いつになったら忘れるつもりかと、心ひそかにかれのことを笑ったものだが、いま私のいう希望も、やはり手製の偶像に過ぎぬのではないか。ただかれの望むものはすぐ手に入り、私の望むものは手に入りにくいだけだ。」

そして作品の末尾に「思うに希望とは、もともとあるものともいえぬし、ないものともいえない。それは地上の道のようなものである。もともと地上には道はない。歩く人が多くなれば、それが道になるのだ。」という有名な一節が置かれる。

詩情ゆたかな一編であり、作者の嘆き、絶望が耳底《じてい》にまで伝わってくる。だがその嘆き、絶望は、「もともと地上には道はない。……」の最後の一句によって、救われているのかもしれない。「道」は人が歩くことによってできるのである。

ちなみに、「小さな出来事」以後の作品が『新青年』に載ることはなかった。北京や上海の別の誌紙に発表されている。これはそのころから激化した『新青年』同人間の軋轢《あつれき》と関係している。胡適と李大釗《りたいしょう》・陳独秀《ちんどくしゅう》との間にはじまった「政治を語らない」をめぐる論争である。胡適は、『新青年』がしだいにマルクス主義受容に傾くことに危機感を覚え、これ以上政治を語ることに反対したのである。いっぽう陳独秀たちは、マルクス主義を実現するための共産党結成に踏み切る（二一年七月）。そして『新青年』も、二一年七月には第九巻六号を出して休刊に追いこまれた。そして翌年六月に再出発したときは、共産党の季刊雑誌としてだった。胡適の危惧《きぐ》を通りこして、完全な政治誌に衣更《ころもが》えしたのである。

魯迅は、政治をこれ以上語らぬことを求めて同人たちに回覧した胡適の手紙への返事に、弟作人の代筆と断ったうえで、政治を語らぬ宣言を『新青年』に載せることには反対を表明している。ただし、「今後は学術、思想、芸文の気味を濃厚にしてゆくこと」が読者の希望だと書き添えている。魯迅にしても、『新青年』が政治を語りすぎることには、抵抗があったのではないか。

胡適は、「文学改良芻議《すうぎ》」で文学革命に先鞭《せんべん》をつけ、帰国後は北京大学教授となっていたが、一九年あたりから「国故整理」を唱導して古典研究の必要を説きはじめ、陳独秀や李大釗たちとは対立するようになっていた。魯迅も、「国故整理」には反対の立場だった。ことに若い人たちにたいしては、古典研究にかまける時間があったら、たとえ外来であっても、新しい思潮に学んでほしいという考えを、頑《かたくな》なまでに主張している。少し後の一九二五年のことだが、「青年必読書」と題するある新聞のアンケートに、中国の書物など読まなくてよいと答えて、物議をかもしたほどである。古典への拝跪《はいき》に通じる「国故整理」への拒否反応と、学術や思想、芸文への愛着とは、ともに魯迅年来の思い入れだったのである。

阿Qの喜劇・悲劇

「阿Q正伝」はいうまでもなく魯迅の代表作であり、『晨報副刊《しんぽう》』の一九二一年十二月から翌年二月まで連載された。新聞の担当記者は、紹興時代の魯迅の教え子、孫伏園である。最初の一回は「開心話」（のんき話）という別の欄に掲載されたが、孫伏園の判断で二回目からは小説欄に移された。当初は冗談めかした随筆でも書くつもりだったのだろう。そのため筆名も「魯迅」ではなく、田舎の未開人を意味する「下里巴人《シアリーパーレン》」からとって、「巴人」としている。そんなこんなのために、主人公阿Qの名前のいわれを穿鑿《せんさく》した第一章は、「なくもがなの滑稽味《こっけいみ》を思いつくままにつけ足した」（「『阿Q正伝』の成り立ち」）と作者自身が述べるように、たぶんに滑稽味の勝った随筆ふうの文章になっている。

第二章から後も、滑稽味はひきつがれている。あるいは誇張に次ぐ誇張といってもいい。阿Qの精神勝利法が、これでもかこれでもかといった調子で書きつがれるのである。自分の倅《せがれ》にやられたようなものだと自己満足し、自分で自分の頰をなぐって、他人になぐられたような気になる。無抵抗な若い尼さんの頰をつねって、路傍の見物人に拍手喝采《かっさい》される。

阿Qの精神勝利法は、いってみれば弱者の自己欺瞞《ぎまん》である。魯迅のいちばん嫌う奴隷根性の典型的な現れといってもいい。たぶんに誇張はされているけれども、こうした阿Q式精神勝利法が、中国人の骨髄にひそむ病弊《びょうへい》であることを、作者は容赦なくえぐりだしたのである。解放後の文学史などで、阿Qは貧農なのに、こんなに貶《おとし》められる理由がよくわからないといった戸惑いが一部にみられた。しかし作者魯迅にとって、阿Q式精神勝利法は、貧農であるかどうかを問わない。中国人全体に巣喰う病弊だった。

この阿Q式精神勝利法について、それが自分たち自身の病弊であることを、発表後しばらくしてすでに指摘した評論がある。のちの茅盾《ぼうじゅん》こと沈雁冰《しんがんひょう》の「『吶喊』を読む」と題する書評である。

「『狂人日記』に次いだのは、笑いのうちに泪を含んだ諷刺短篇『孔乙己』であり、そこで私たちは、魯迅君愛用の背景――魯鎮と咸亨酒店にはじめて出会った。これと『薬』、『明日』、『から騒ぎ』、『阿Q正伝』などの諸篇は、いずれも旧中国の灰色の人生の写真である。とりわけ最近の『阿Q正伝』は、読者に消しがたい印象をあたえた。今日およそ文芸を愛好する青年で、『阿Q』の二文字を口にしたことのないものはまずいない。私たちはほとんどいたるところにこの二文字を応用し、灰色の人物に接触したり、彼らのどんな『昔話』を聞いても、『阿Q正伝』の断片的映像がたちまち目の前に浮かんできた。私たちは社会のあらゆる方面で、『阿Q相』の人物にたえず出くわした。ときには自分を顧みて、わが体内にも『阿Q相』の分子があるのではないかと、いつも疑わぬわけにいかなかった。」

茅盾はここで、阿Q式病弊が自分たちの体内にまで巣喰っていることを認めている。かくて阿Qは、中国人全体の代表となったのである。

なおここで、「阿Q相」という用語が使われていることにも注意したい。茅盾はこの「阿Q相」を、「中華民族の骨髄にひそむ停滞的性質」とも呼んでいる。作品発表からわずか一年前後で、国民的劣性をあらわす「阿Q相」の用語は、茅盾にかぎらず、すでにかなり一般化していたのかもしれない。やがてこの「阿Q相」の体現者としての阿Qは、中国で普遍的な呼び名となり、例えばドン・キホーテとかハムレット、あるいはオブローモフなどと並んで、世界的にも認知される呼称となったのである。

革命と阿Qの関係

作品の後半は、村にやってきた革命と阿Qの関係に移る。はじめのうち阿Qは革命に反対だったが、お偉方や村人たちのあわてふためく姿をみて、「革命も悪くないな」と考える。

「謀反？　おもしれえぞ……白兜《しろかぶと》に白鎧《しろよろい》の革命党が乗り込んでくる。手には青竜刀、鉄の鞭《むち》、爆裂弾、鉄砲、三つ叉《また》の剣、鎌先の槍《やり》。土地廟《びょう》の前まで来ると『阿Q、さあ、いっしょに来い』って言ってくれる。いっしょに行って……」

といった塩梅《あんばい》である。

ところが翌日、革命を実行すべく尼寺に行ってみると、もうそこは村の旦那がた、趙《ちょう》秀才と銭毛唐《せんもうとう》に先を越されていた。革命は名ばかりで、城内も村も支配の構図はすこしも変わらなかったのである。

そんなある日の夜、趙家に押し込み強盗が入り、阿Qが見せしめのために逮捕される。完全な冤罪《えんざい》だったが、革命党にとっては見せしめが必要であり、係累のない阿Qが選ばれた。

したがって阿Qにはなんの罪の意識もない。白洲《しらす》に引き出されて「白状」を迫られても、言い返しようがないのだ。最後に署名を要求され、字を知らないと言うと、それならマルを書けと言われ、そのマルも満足に書けない。このあたり、革命の滑稽さと無知な阿Qの滑稽さとが二重写しになって、読者の前にみごとに描きだされる。

最後は見せしめのために引き回される阿Qと、それに見とれる民衆の姿を、作者はわりと入念に描写している。阿Qのほうは「二十年すれば生まれかわって男一匹……」という死刑囚の決まり文句を思わず口走り、「いいぞ!!!」という群集の叫びはまるで狼の遠ぼえのようだった。その遠ぼえに阿Qは「これまで見たこともない、もっと恐ろしい眼を見」、その眼が阿Qの「皮と肉以外のものまで噛みくだこうとするかのように、近づきも遠のきもせずに、いつまでもあとをつけてくる。」

そしてこの眼たちがひとつに合体して、「かれの魂に噛みついていた。」

「助けて……」

阿Qの叫びは声にならなかった。「とっくに眼がくらみ、耳が鳴り、かれは全身こなごなにとび散るような気がしただけである。」

世論の反響も芳《かんば》しくなかった、と作者は最後に付け加えている。間ぬけな死刑囚は歌ひとつうたえなかったではないか、と。

革命と阿Qの関係を描いたこの後半部分が、辛亥革命にたいする作者自身の幻滅感を下敷きにしていることは、だれの目にも明らかであろう。革命によっても変わらない権力の支配構造と、それに追随する民衆の愚かさ、さらに処刑される「犯人」を見物に集まる民衆のありかた。それらをこの作品は克明《こくめい》に描きだしている。外からの視点ではない。処刑される民衆としての阿Qの心理に分け入って、その恐怖を描いているのである。

当時の中国の評者のなかには、前半部の阿Qの精神勝利法と後半部の阿Qの描かれ方との間に、作者の腰折れをみる見方があったらしいが、私は必ずしもそう思わない。

阿Qの精神勝利法があってこそ、後半の阿Qの愚かさやその恐怖が生きているのだと思う。作者自身も、作品の前後に矛盾はないという立場を次のように説明している。

「こうして一週また一週過ぎてゆき、ついに阿Qが、革命党になるべきや否《いな》やの問題が発生した。私の考えでは、もし中国が革命しないなら、阿Qもしないが、革命したとなれば、阿Qもする。わが阿Qの運命はこれ以外にないので、したがって性格も前後不一致ではないはずだ。民国元年はすでに過ぎ去って追うべくもないが、今後もしまた改革があれば、阿Qのような革命党はかならず出現すると私は信じる。人々の言うように、私が描いたのは現在より前の一時期である、ということは、私もそうあってほしい。ただ私は、自分の見たものが現代の前身ではなくて、現代の後身、しかもほんの二、三十年後のことかもしれないことを恐れる。」（「『阿Q正伝』の成り立ち」）

　阿Qの大団円を当初から予測していたわけではないと、文章の最後のほうで述べてはいるけれども、阿Qの革命党への接近は作の必然だという作者自身の言葉は、それとして素直に受け取るべきだろう。それどころか、阿Qのような革命党が二、三十年後に現れるかもしれない、と作者は危惧しているのである。

「沈黙した国民の魂」の代弁者

このころ、つまり一九二〇年代の魯迅は、中国の現状と将来について、依然としてかなり悲観的な見方をしていた。『吶喊《とっかん》』が出版されて二年後に、ロシア語訳本が出たときの序文でも、「沈黙した国民の魂」を描きだすことが、中国ではいかにむずかしいかといった趣旨の感想を書きつけている。「助けてくれ」という声にならぬ悲鳴をあげながら銃殺された阿Qが、沈黙を強《し》いられた「国民の魂」の代弁者だったのはいうまでもない。

その後「阿Q正伝」はロシア語だけでなく、日本語、英語、フランス語、ドイツ語をはじめとして世界数十カ国語に翻訳され、いまや世界の古典になった。当然、ノーベル賞候補にもあげられたが、魯迅はそれをにべもなく断っている。一九二七年九月二十五日の台静農《たいせいのう》あて手紙にこうある。

「正直な話、中国にはノーベル賞にあたいする人間はまだいません。スウェーデンは我々にかまわず、誰にもあたえないのがよい。黄色い顔をしているから、特別に優遇し寛大にあつかうなら、かえって中国人の虚栄心を増長させることになり、外国の大作家と肩をならべるほどになったのだと思いこみ、結果はよくならない。」

台静農は二〇年代半ばに、外国文学の紹介を目的として北京で結成された未名社の同人で、魯迅の若い友人の一人である。ちょうどこのころ来華したスウェーデンの地質学者が、ノーベル賞候補に魯迅をあげるべく、人を介して台静農に魯迅の意向を尋ねさせた。その返事が右の手紙である。

手紙の後半には、「わたしが眼前に見るものは依然として暗黒です。」という持ち前の現実認識が語られ、その暗黒に立ち向かうためには、「これまで同様、名誉もなく貧乏なのがよい」と書きつけてもいる。ノーベル賞作家なんて名誉も要らない。多額の賞金も自分にはふさわしくない。貧乏でけっこう。そのほうが暗黒と向きあう自分にはふさわしい、というのである。それにしても、「黄色い顔をしているから、特別に優遇し寛大にあつかう」とは、いかにも魯迅らしい痛烈な皮肉である。

「阿Q正伝」について書くつもりが、思わずノーベル賞問題にまで脱線してしまった。しかし「沈黙した国民の魂」を描こうとする姿勢、現状を「暗黒」とみなすペシミスチックな態度などは、両者に一貫している。それどころか、憂憤《ゆうふん》は深まるばかりだというのが、二〇年代の魯迅の歩みだった。

第三章　「彷徨」の人

自分が因襲の重荷をにない、まっ暗な水門の内側から扉を肩で押しあけて、かれらを広い、光のある場所に出してやる。

（「子の父としていま何をするか」）

祥林嫂の生涯

「狂人日記」からはじまる小説執筆のほかに、魯迅は多くの評論・雑感類を発表している。『新青年』の呼びかけに答えたものであり、それらを集めて一冊の本にしたとき、『熱風』と名付けている。(一九二五年北新書局)もう一冊は留学期の論文を含めて、比較的長い評論を収めた本で、こちらは『墳』と名付けた。(一九二七年未名社)『熱風』と『墳』、長い沈黙を破って執筆を再開した魯迅の心境がよく伝わる題名である。前者については、「題記」の最後につぎのように記している。

「私は、周囲の空気のあまりにも寒冷なことを感じ、自分なりに自分の言葉を語ったのである。それゆえ逆にこれを名づけて『熱風』とよぶことにする。」

『新青年』の熱心な改革運動にかかわらず、当時の魯迅にとって、時代の空気は「寒冷」と受けとめられていた。改革に反対する勢力の重圧を肌で感じていたのであり、同書に収める雑感類は、そうした反対勢力にたいする寸鉄人を刺す批判となっている。

もう一つの『墳』は、「私の節烈観」「子の父としていま何をするか」など『新青年』に載せた重要な評論をはじめ、「ノラは家を出てからどうなったか」「春末閑談」「灯下漫筆」など、よく引き合いに出される貴重な文章を数多く収める。留学期の論文についても私もすでにいくらか触れた。こうした評論集に『墳』と名付けたのは、墓場しか自分の行くべき道はないと観じていた編者の覚悟を示したものであろう。巻末に付した後記に、「どうか、私の作品を偏愛する読者も、これを一つの記念とみなすにとどめ、この小さな土盛りの下には、曽《かっ》て生きていたことのある形骸が埋まっているだけであることを知って下さるようにと願う。さらに若干《じゃっかん》の歳月が過ぎれば、それも塵と化し、記念とともに人間世界から消え去り、私のこともそれで終りになるだろう。」と書きつけるゆえんである。

同書所収の初期の評論「子の父としていま何をするか」のなかに、かつて一九三〇年代初頭、瞿秋白《くしゅうはく》が『魯迅雑感選集』を編んだとき、その序文の冒頭に引いてから一躍有名になった一節がある。

「自分が因襲の重荷をになない、まっ暗な水門の内側から扉を肩で押しあけて、かれらを広い、光のある場所に出してやる。」

瞿秋白についてはのちに詳しく述べる。ともあれこの有名な一節には、魯迅の覚悟のほどが端的に示されている。自分は因襲に染まった過去の人間であるが、だからこそ暗黒の水門を肩で支え、かれら――次世代の子どもたちを光明に満ちた広いところへ連れだしたい。墓場への道は、次世代の解放のための礎石なのである。

しかし二〇年代に入って、改革の拠りどころとしていた『新青年』が休刊し、同人たちがちりぢりになるころから、魯迅の孤立感はしだいに深まってゆく。二四年三月の「祝福」にはじまる第二創作集が『彷徨《ほうこう》』と名付けられたように、収めた十一編の作品からは、ただ一人で荒野をさまよう作者の孤独な姿が印象される。

最初の作品「祝福」からして、「狂人日記」にみられたような礼教批判の鋭い鋒先《ほこさき》はすでに失われている。描かれるのは、山家育ちの不幸な女性、祥林嫂《しょうりんそう》のみじめな生涯である。物語は、「私」が故郷の「魯鎮《ろちん》」に里帰りした旧暦の歳末に、祥林嫂と再会するところからはじまる。街なかで五年ぶりに出会った彼女は、乞食すがたをしていて、「私」に奇妙な質問を浴びせてくる。

「いったい、人が死んだあと、魂は残るのでしょうか。」

「そんなら、地獄もあるわけですか。」

「では、死んだ家族のものは、またいっしょになれるのでしょうか。」

どの質問にも「私」は満足に答えられない。翌日「私」は彼女が野垂れ死にしたことを知り、以下回想に入る。

その回想の詳細は省略するが、彼女が叔父の家で二度目の女中奉公をしていたとき、信心深い柳媽《リュウマー》という雇い女に、二度の結婚をなじられ、あの世で二人の亭主が取り合いをはじめるとおどされる。そのときの会話が頭にあって、さきの「私」への奇妙な質問になったのである。

死後の世界のことなんか、新式の知識人である「私」に答えられるはずがない。答えられなくて当たり前であり、その夜のうちに彼女が野垂れ死にしたことと、なんの関係もないだろう。作品の最後も、「ひるまから初更《しょこう》のころまであった心の迷いは、祝福の気分ですっかり吹き払われ、いまや天地の神々が、供物と香煙に酔いしれて、ご機嫌の千鳥足で、魯鎮の人々にかぎりない幸福をさずけようと大空をとびまわるのが眼に見えるような気がした。」という言葉で終わっている。祥林嫂のみじめな生涯や最後の必死の問いかけなどは、みごとにはぐらかされたような結末である。

たぶん作者はわざとこうした結末を付けたのにちがいない。それによって、自分を含む新式知識人のいい加減さを批判しているのであり、また祥林嫂の誰にも祝福されない死にざまを、かえって浮き彫りにする効果もねらったのではないか。

たしか解放後に作られた映画『祝福』では、私は観ていないけれども、この知識人の介在が消されて、祥林嫂の苦労話に終始していたように記憶している。それはそれでひとつの解釈だろうが、私にはやはりこの物語の構成に、「私」の存在は無視できないように思われる。「私」の曖昧《あいまい》な答えがあって、祥林嫂の問いかけの切実さが活きるのであり、彼女の野垂れ死にの悲惨さも、爆竹のはじける音に酔いしれる「私」

と対比されることで、いっそう強調されるからである。

魏連殳の死にざま

いずれにしても作品の主人公祥林嫂が、阿Qと同じように「沈黙した国民の魂」の一人だったことはまちがいない。他方、『彷徨』には、知識人のありようを問う作品も数多く書かれている。「酒楼にて」「幸福な家庭」「孤独者」などである。このうち「孤独者」は、つぎの「傷逝」とともに、どこにも発表されないで『彷徨』に収載された。そのころ魯迅は引く手あまただったはずだから、どの報刊にも発表されなかったのにはなにか理由があったのかもしれない。しかし本人が何も語らない以上、いまさら穿鑿《せんさく》のしようはない。二〇〇五年版の新しい『魯迅全集』の註も、本編がどの報刊にも未発表だったと記すだけである。

ただしこの作品「孤独者」は、「祝福」とともに『彷徨』十一編のなかでもかなりの力作である。この時期の魯迅の考えを知るうえで、欠かせない作品のひとつだと私は考える。

作品の主人公は魏連殳《ぎれんしゅ》といい、「私」と同じくS市の中学堂で教員をしていた。時代の指定はないけれども、辛亥革命からしばらくあとと考えていいだろう。「私」との交際は、魏連殳がS市郊外の郷里に戻ってきて祖母の葬儀を主宰するときからはじまる。彼は両親を早くに亡くして祖母に育てられた。その葬儀の模様を、作品はわりに細かく描写しているが、これは魯迅自身が祖母を見送ったときの経験をそのまま写したと、周作人が『魯迅の故家』で証言している。

こうして二人の交際ははじまるのだが、「外国かぶれの新党」だった魏連殳は、結婚もしない変わりもののせいもあって、学校をクビになり、貧窮のどん底生活に落ちこむ。いっぽう「私」のほうはよその町へ行って教員をつづけるものの、それもはかばかしくなく、またS市に戻ってくる。この間、魏連殳から手紙をもらって、彼が自分の信念とは裏腹の軍閥の顧問になったことを知る。むろん心ならずの転向である。手紙の文中には、「以前、ぼくがもう少し生きるよう望んだ人がいた」という文言が二度も出てくる。その人がいなくなったから、もうやけっぱちというわけだ。だが「その人」が誰なのかは、作品のどこにも書かれていない。この手紙が私にはもう一つ釈然としない理由である。

それはともかく、S市に戻ってきた「私」は、魏連殳がやけっぱちの顧問生活に終止符を打って、肺結核で亡くなり、葬儀の準備中だったことを知る。「ぶざまな衣冠に包まれてかれは静かに横たわっていた。まぶたを合わせ、唇を閉じて。口もとには、このおかしな死体を嘲《あざ》けるような冷い微笑があった。」

死体をそう描写したあと、いたたまれなくなった「私」が葬儀場を抜けだしたときの様子を、つぎのように描いて作品を閉じる。

「私は足ばやに歩いた。まるで重苦しいものからもがき出たいように。だが、もがき出ることができなかった。耳の奥に何やら身もだえするものがあって、いつまでも、いつまでもつづき、ついに身もだえして出てきた。呻《うめ》き声に近いものだった。傷ついた狼が深夜の曠野《こうや》に吠えるように、苦悶のうちに憤《いきどお》りと悲しみがこもっていた。

私の心は軽くなった。落ちついた足どりで、じめじめした敷石道を、月光を浴びて私は歩いていった。」

こうした最後の描写からは、「私」はもとより、作者もまた魏連殳の転向をゆるしていることが示されているだろう。遺体の口もとには「嘲けるような冷い微笑」を見ているし、「私」のほうも、耳の奥の身もだえから解放されて、心が軽くなっているのだから。「孤独者」という題の付け方も、作者の肯定の気持ちを表すだろう。

旧友・范愛農への深い思い

それにしてもなぜこの時期、魯迅は、こんな転向者の内面を語る物語を書いたのだろう。そこには、辛亥革命の失敗後に死んだ旧友、范愛農《はんあいのう》の残像が投影されているように思う。范愛農は日本留学時代に知り合った友人で、辛亥革命の前夜、郷里で中学校の教員をしていたときに再会した。そして革命後、魯迅のほうは紹興師範学堂の校長に任命され、范愛農も教務長として招かれている。浪人暮らしから教員に出世して、彼も張り切ったことだろう。ところが前述したように、新しい都督王金発《おうきんはつ》の寝返りによって紹興の革命も中断の憂《う》き目を見、失望した魯迅は南京へ去る。范愛農も新しい校長に疎《うと》んじられて辞職させられる。北京に移る前、郷里にいったん立ち寄った魯迅が受け取った愛農からの手紙には、「小生は生来の傲骨、波のままに流れていくことのできぬ性であれば、ただ死あるのみ。生きてゆく道はない。」とあったそうだ。

北京でも、就職を頼む愛農の手紙を魯迅は数通受け取っているけれども、それもままならぬうち、十二年七月、郷里の周作人からの便りで、愛農が水死したことを知らされる。魯迅は律詩三首を作ってその死を悼《いた》んだ。いずれも愛農の思わぬ水死に悲憤し、残された自分の孤独をうたう、真情のこもった詩である。この愛農のことは、のちの回想記『朝花夕拾《ちょうかせきしゅう》』にも、わざわざ「范愛農」の一編として書きのこされている。よほど忘れられない旧友だったのであり、『彷徨』にはこの「孤独者」だけでなく、「酒楼にて」という作品にもその面影が反映されている。

「酒楼にて」は「祝福」に次ぐ作品で、やはり「私」が旅の途中、S市に立ち寄って、そこの酒楼で旧友に再会する話である。旧友は、たぶん辛亥革命前後、学校の教員として「私」の同僚だった。十年後のいまは、太原の母のもとに身を寄せて、孔孟の書を教える家庭教師をしているという。彼もまた転向した一人だった。

　物語は、そんな彼の述懐を軸に進められる。弟の墓の改葬のこと、母に頼まれて、昔馴染みの娘にビロードの造花の髪飾りを送ろうとしたことなどである。たぶん「私」にとっては、どうでもよい話柄だったろう。彼のほうも投げやりに話しただけだ。そんなとりとめもない会話で、この小説は終わっている。

　旧友の挫折感、そして酒場の支払いもままならぬ現在の貧しい生活。それを黙って受け入れる「私」という存在。魯迅はこのような形で范愛農への罪障感を表現したのだと思う。

『朝花夕拾』に収める「范愛農」のほうは、安慶で蜂起し、逮捕処刑された徐錫麟《じょしゃくりん》を追悼し、満洲王朝に抗議するために開かれた東京の同郷会で、その抗議の仕方をめぐって魯迅と范愛農が対立するところからはじまる。抗議電報を打つべしという魯迅の主張に、徐錫麟の弟子だった愛農が、「殺すやつは殺したし、死ぬやつは死んだ。今さら電報もくそもあるか。」と反対したというのである。のちの周作人の証言によれば、ここのところ事実と違うらしいが、こんなフィクションを使ってまでして、范愛農のいっぷう変わったひととなりを伝えたかったのだろう。

その後二人は革命前夜の紹興で再会する。「故郷へもどっても軽蔑と排斥と迫害で身の寄せどころがなかった」と書かれているところは、「酒楼にて」や「孤独者」を連想させる記述である。それでも二人は無二の親友となり、革命直後は学校の同僚にもなった。

回想記はこのあと例の『越鐸日報』をめぐる事件を描いたあと、芝居見物の帰りに船中から落ちて死ぬまでが語られている。泳げるのに浮きあがらなかったところから、自殺を疑ったと作品にある。

この回想記が書かれたのは、二六年十二月、魯迅の厦門《アモイ》大学赴任中であり、亡くなってからもう十二年も経っている。旧友にたいする思いがどれほど深かったかを証していよう。

『彷徨』には、他に若い男女の恋愛・結婚の結末を描いた「傷逝」のような作品も収録されている。若い男性涓生《けんせい》のもとに通ってくる子君《しくん》という女性。「わたしはわたし自身のもの、あの人たち、だれも干渉する権利はありません。」と言い切って、涓生の愛にこたえた子君だったが、二人の愛の生活は永続きしなかった。役人生活でかろうじて生活を支えてきた涓生がクビになったうえ、当てにした翻訳の稿料も図書券でごまかされる。子君が間借り生活の庭で飼いはじめた鶏も、つぶして食べなければならなかったし、同じく飼っていた犬も捨てざるをえない。

二人の関係もよそよそしくなるばかりで、最後は涓生が思いきって告白する。「ぼくはもうきみを愛してないんだ。」と。男にしてみれば、ともに滅亡しないための新しい道の開拓のつもりだったが、子君には予想以上にきびしい宣告だった。

結局愛の共同生活は一年で終わり、子君は父親に連れ戻されたあげく、あっけなく死んでしまうのである。残された涓生の悔恨《かいこん》と悲哀。

短編とはいいながら比較的長い作品で、作者としても熱のこもった力作といえるだろう。『彷徨』には「石鹸」や「高先生」など自画像を諷刺したような作品もあるが、それらともちがって、この「傷逝」は若い男女を主人公とし、その愛情の悲劇的結末を描いたという点で、魯迅にとってはむしろ異色の作品といってよい。都会生活の恋愛風景も、魯迅にはこんなふうに映っていたのだろうか。作者の一面を知る手がかりにはなる小説である。

第四章　野の草のつぶやき

わたくしの作品はあまりにも暗い。いつも、ただ「暗黒と虚無」のみが「実在」であると感じ、しかも、どうしてもそれらに対して絶望的な抗戦をやるので、偏激な調子が多いのです。

（『両地書』）

周作人との訣別

一九二四年十一月雑誌『語絲《ごし》』が創刊され、魯迅はここに散文詩『野草』を連載する。同人は、魯迅のほか周作人、「阿Q正伝」を書かした教え子の孫伏園《そんふくえん》、「狂人日記」を引きだしたかつての『新青年』の僚友銭玄同《せんげんどう》、それに林語堂《りんごどう》らである。

周作人とは前年七月に訣別して、魯迅は妻朱安とともに八道湾の家を出ている。訣別の原因は作人の日本人妻信子にあったと推測されているけれども、詳細は不明である。魯迅も作人も口をつぐんでいるし、魯迅からいきさつを打ち明けられていたはずの親友許寿裳《きょじゅしょう》も、ほとんどなにも語っていない。ただにもかかわらず、『語絲』の同人にともに名前を列ねているし、二五年の女子師範大学の騒動のときも、二人はともに学生の側に立って行動している。

それでも決裂は決裂である。そしてこの修復不可能な兄弟喧嘩は、その後の魯迅に深い影を落としたと思われる。日本留学時からあれほど仲のよかった兄弟であり、文学上の盟友でもあったのだから。

この『野草』を編集したときの題辞に、作者はつぎのように記している。

「沈黙しているとき私は充実を覚える。口を開こうとするとたちまち空虚を感じる。

……

生命の泥は地に棄てられ、喬木《きょうぼく》を生まず、ただ野草を生む。これ、わが罪だ。

……

私は私の野草を愛する。だが野草を装飾とする地を憎む。

……

私自身のために、友と仇、人と獣、愛者と不愛者のために、私はこの野草の死滅と腐朽《ふきゅう》の速《すみや》かならんことを願う。そうでなければ、私はそもそも生存しなかったことになる。それでは実際、死滅と腐朽よりも不幸だ。

去れ、野草よ、わが題辞とともに！」

失望というべきか、絶望というべきか、それとも自分自身へのやりきれない思いというべきか、そんな暗い調べばかりが目につく文章である。

本文のほうも、この暗い調べがつづく。たとえば一九二五年一月一日を記念して書かれた「希望」と題する散文詩。

「私の心はことのほか寂しい」にはじまって、「それ以前には、私の心も血なまぐさい歌声に満たされていたこともあった。」とつづき、期待した「身外の青春」すなわち青年たちもいまは年老いてしまって、自分はただ一人「空虚のなかの暗夜」にいどむほかはない。そして作者がかねて愛好するペテーフィ・シャーンドルの「希望」の歌が引用される。

「希望とは何？　あそび女《め》よ。

誰にでも媚《こ》び、すべてを与え、
きみがたくさんの宝物――きみの青春を失ったときぎみを棄《す》てるのさ。」

さらにつづけて、ペテーフィのことば、

「絶望は虚妄だ、希望がそうであるように。」が置かれる。希望だけでなく、絶望も虚妄だとしりぞけられるのである。

「私はひとりで、この空虚のなかの暗夜に挑むほかない。よし身外の青春を探し出せずとも、みずからわが身中の遅暮だけは振り棄てねばならない。それにしても暗夜はどこにあるか？　今は星なく、月光なく、笑いのかそけさと愛の乱舞もない。青年たちは安らかである。そして私の前に、ついに真の暗夜さえないのだ。

絶望は虚妄だ、希望がそうであるように！」

この散文詩「希望」に二度も出てくる「絶望は虚妄だ……」との言葉は、ペテーフィの詩句ではなくて、彼の旅行記に出てくる文言だったと、北岡正子さんが考証している。留学時代の魯迅は、こんな旅行記まで読んでいたのだろうか。

またたとえば戯曲形式で書かれた「行人」。老人と少女が住む小屋に旅人がたずねてくる。この旅人、原文「過客」を竹内好『魯迅文集』は「行人」と訳しているので、以下それに従う。一杯の水を所望した行人に、この先にあるのは墓だと老人が答え、いや、野百合や野薔薇が咲き乱れる花畑だと少女が答える。行人も行き先にあるのは墓場だと思いながら、前方からの呼び声にせきたてられて歩いてゆくしかない。少女が傷に巻くようにとくれた布切れも、「施し」は受けたくないと断る。施しを受けると、その相手の滅亡か、あるいは自分を含めて他の人びとの滅亡をねがうようになるからだ。だから断わるというこの論理、私には少しわかりにくい。でも戯曲のほうは、娘に返さないまま行人が歩き去るところで終わっている。施しの件がどう処理されたのかはわからないままだ。

同じころ魯迅は、女子師範の学生許広平《きょこうへい》と、のちに『両地書』にまとめられる文通をはじめている。その許広平の手紙のなかに、「行人」に言及したところがあり、返信に魯迅はこんなふうに書いている。

「あなたはよくわたしの作品を読んでおいでのようですが、わたしの作品はあまりにも暗い。いつも、ただ『暗黒と虚無』のみが『実在』であると感じ、しかも、どうしてもそれらに対して絶望的な抗戦をやるので、偏激な調子の声が多いのです。しかし、これがあるいは年齢と経歴の関係であるのかどうか、かならずしも確かではありません。なぜなら、ついにただ暗黒と虚無のみが実在であることを実証できないからです。」二四年九月の李秉中《りへいちゅう》あて手紙でも、「わたし自身はどうも自分の魂の中には毒気と鬼気があるように思います。わたしはきわめてそれを憎悪し、それを取り除こうと思うのですが、だめです。」と告白している。李秉中は北京大学の教え子で、のち国民党軍の将校となった。魯迅は彼の結婚式にも出席しており、手紙のやりとりもわりと多い。魯迅の交際相手では珍しい存在である。

「墓碑銘《ぼひめい》」は、この「暗黒と虚無」あるいは自分の魂のなかの「毒気と鬼気」を、こんなふうに表現している。

「夢で私は墓碑の前に立ち、碑面に彫《きざ》まれた銘文を読んでいた。……

『……浩歌《こうか》熱狂の際、寒に中《あた》り、天上に深淵を見、一切眼中に無所有を見、希望なき所に救を得……

……一游魂あり、化して長蛇となり、口に毒牙《どくが》あり。人を嚙まずして、おのれの身を嚙み、ついに殞顚《いんてん》……

……去れ！……』」

剝落《はくらく》がひどい碑面からこれだけを読みとって、墓碑のうしろに回ると、そこに死体が埋まっていた。胸も腹も破れ、顔には哀楽の表情もない。気味わるくなって立ち去ろうとすると、碑の裏側の銘文が目についた。

「『……心を抉《えぐ》ってみずから食し、本味を知らんと欲す。痛み激しくして本味なんぞ知るを得ん？……

……痛み定まって後おもむろにこれを食らう。されどその心すでに陳腐《ちんぷ》、本味を知る能《あた》わず……

……我に答えよ。然《しか》らざれば、去れ！……』

私は去ろうとした。だが墳中の屍体はすでに起きあがり、口を動かさずに言ったのだ。

《おれが塵になるとき、おまえはおれの微笑が見られるぞ！》
私は駈け出した。かれが追って来ないか、こわくて振り向きもしなかった。」

この散文詩はいったい何を表現しているのだろう。私はほとんど全文を引用してしまったのだが、書き写しながら当惑するほかなかった。墓のなかの屍体がおのれを噛み、わが心を抉ってみずから食したことはわかる。しかしその心はすでに陳腐で、本味はわからないと記し、最後に「おれが塵になるとき、おまえはおれの微笑が見られるぞ！」と語るその言葉の意味がよくわからない。

いずれにしても、作者はこんな散文詩を書きつけることで、みずからの「暗黒と虚無」ないし「毒気と鬼気」を表現したのである。若い女子学生だった許広平には、なんともわかりづらい文章だったろうと、私は同情を禁じえない。

「このような戦士はいないものか……」ではじまる「このような戦士」は、「無物の陣」に踏み入って、型どおりのお辞儀で迎える慈善家や学者たちに、投げ槍をふりかざす孤独な戦士の像を描いている。

「ついにかれは無物の陣中に年老いて寿命がつきる。かれはついに戦士ではなく、無物の物は勝者である。

こうした所では剣戟《けんげき》の音はきこえない。世は太平だ。

太平……

だがかれは投げ槍をふりかぶる！」

無物の陣に戦いを挑む自分は、結局敗北者なのだが、それでも投げ槍を投げつづけるしかない。作者はここで、敗けても敗けても戦いつづける戦士に、自分自身を重ねている。「暗黒と虚無」にたいする、これが魯迅の姿勢でもあった。

女師大騒動と三・一八事件

しかし『野草』の最後にいたって、この「暗黒と虚無」とのもみあいにも、多少の変化が現れるようになる。二六年四月に書かれた『野草』最後の作品「まどろみ」には、こんな表現がみられる。

「そうだ、青年の魂は私の眼前に立ちはだかる。すでに粗暴となり、またはいま粗暴になろうとする魂、その血を流して苦痛に堪《た》えている魂を私は愛する。それは私が人の世にいること、人の世に生きていることを教えてくれるから。」

これは、北京大学の学生だった馮至《ふうし》たちが出した雑誌『浅草《せんそう》』、およびその後身の『沈鐘《ちんしょう》』を読んだ感想を記したあとに置かれた一節である。一年前に「身外の青春」に失望してペテーフィの詩句を引いた「希望」のころとは、明らかにニュアンスがちがっている。青年たちの苦痛に堪えている魂を「愛する」とまで言っているのである。『野草』のこうしたニュアンスの微妙な違いを、あまり過大視することはできまいと思うけれども、執筆時の環境に変化があったことも事実として認めないわけにいかない。一つは一九二五年秋からはじまった女子師範大学の騒動に巻き込まれた事件であり、もう一つは二六年三月のいわゆる三・一八事件である。

後者について先にいえば、三月十八日、日本、アメリカ、イギリスなど八カ国が提出した最後通牒《つうちょう》に煮え切らない態度でのぞんだ段祺瑞《だんきずい》政府にたいする請願デモに、官憲が発砲した事件である。死者四十七人、負傷者百五十人余で、その死者のなかには女師大の教え子二人も含まれていた。じつは許広平も請願に行くつもりで、朝早く魯迅に頼まれていた原稿の清書を届けに行ったのだが、引き留められてデモには参加できなかった。まさか死者多数を出す発砲事件が起きようとは、魯迅も予測したわけではないだろうが、わざと引き留めて清書をつづけさせた。請願行動にあまり賛成でなかったからである。

魯迅はその日のうちに「花なきバラの二」を書いて、憤激の情をぶちまけている。

「もし中国が、なお滅亡に至らぬとすれば、将来のことがかならず屠殺《とさつ》者の予想外に出るであろうことを、已往《いおう》の史実が私たちに教える——

これは事件の結末ではない。事件の発端である。

墨で書かれた虚言は、血で書かれた事実を隠すことはできない。

血債はかならず同一物で返済されねばならない。支払いがおそければおそいほど、利息は増やされねばならない。」

「以上はすべて空言である。筆で書かれた空言である。何のかかわりがあろう。

実弾に打ち出されたものは、青年の血だ。血は、墨で書かれた虚言でも隠せず、墨で書かれた輓歌《ばんか》でも酔わされぬばかりでない。威力もそれを抑えることができない。なぜならば、それはもはや、騙されもしなければ、打ち殺されることもないからだ。
三月十八日、民国以来のもっとも暗黒なる日に記す。」

虐殺事件から二週間後、こんどは「劉和珍君《りゅうわちん》を記念して」を書いて、女師大の教え子で殺された劉和珍を悼んでいる。彼女は魯迅が編集する雑誌『莽原《もうげん》』を予約するほどの愛読者で、いつもにこにこ笑っているおとなしい学生だった。そんな彼女が凶弾にたおれたことに深い哀悼をささげたあと、魯迅は、中国の女性たちの仕事ぶりに驚嘆したことを率直に語っている。

「今度の事件に際して、弾雨のなかでたがいに助けあい、自分の安全をかえりみなかった事実は、数千年にわたる猜疑《さいぎ》と抑圧とにもかかわらず、中国女性の勇気がまだ失われていないことの明々白々の証明である。もし今次の死傷者が未来に対してもつ意味を求めるなら、ここに求められよう。」

もうひとつの女師大騒動のほうは、許寿裳の後任として校長になった楊蔭楡《よういんゆ》女士と、学生たちとが対立したことからはじまる。彼女の背後には、教育総長章士釗《しょうししょう》ら軍閥政府が控え、また胡適《こてき》や陳源《ちんげん》、徐志摩《じょしま》、梁実秋《りょうじつしゅう》らによって創刊された雑誌『現代評論』が、楊校長支持の論陣を張った。二五年一月には、教育部にたいして楊校長の更迭《こうてつ》を訴える学生たちの動きがあり、三月北京で客死した孫文の葬儀に、校長の禁止を押し切って一部の学生が参加する事件がつづき、そして五月には、学内で開かれた講演会に楊校長の入場を拒否する騒動が起こって、許広平、劉和珍たち自治委員六名の退学処分に発展した。劉和珍が翌二六年三月十八日の請願デモ中に虐殺されたことはすでに述べた。許広平が魯迅と文通をはじめたのが、この年三月からであり、五月十七日の手紙では、「群集はたのむにたらざること、賢明な人が多すぎること、そして公理はついに強権にかなわないということ」を学んだと嘆いている。一部の学生の支持はあったとはいえ、多くの学生たちが日和見《ひよりみ》を決めこんで、許広平たち学生委員会に声援を送ってくれなかったことに、世の無情を感じたのだろう。

魯迅はこの女師大の騒動に終始積極的にかかわっている。銭玄同、沈尹黙《しんいんもく》、周作人ら七名の講師の連名で、「北京女子師範大学問題に関する声明」を発表して学生委員会支持の意向を表明しただけでなく、学内から追い出された学生たちのために、別の場所で講義をつづけさえした。そのために教育部の役職を罷免《ひめん》されたほどである。

また、楊校長支持の『現代評論』派との烈しい論戦も辞さなかった。とくに同派の論客だった陳源（西瀅《せいえい》）との執拗《しつよう》な言論戦は、のちに『華蓋集《かがいしゅう》』に収められているけれども、その論調はしつこさを通り越して、ほとんど罵倒《ばとう》に近いといっていいほどである。

この騒動は、しかし最後は学生側の勝利に終わった。十一月教育総長章士釗は辞職、十二月楊蔭楡も校長辞任、学校も再開された。魯迅の免職問題も、平政院での提訴が勝利して翌年一月には復職した。むろん退学処分になった許広平たちも復校した。

積極的にかかわった魯迅にしても、ひとまず安堵《あんど》の胸を撫《な》でおろしたにちがいない。それにしても、この事件と翌年の三・一八事件とは、彼にとってははじめての経験であり、それが『野草』の最後に何がしかの影響を与えたことは、前述したとおりである。少なくとも彼は、『沈鐘』に集《つど》う若い詩人たちの苦悶《くもん》や、女師大騒動、三・一八事件に示された劉和珍たち女子学生の自己犠牲的精神に、自分にはない新しい何かを感じとった。

愛の告白

だが、その新しい何かが彼の文章に反映される前に、北京を去らなければならなくなった。三・一八事件の首謀者として、李大釗たち五人に逮捕令が出され、つづけて魯迅や周作人、許寿裳、孫伏園、林語堂《りんごどう》ら大学教授・知識人五十人にも逮捕令状が出たと新聞が報じた。魯迅は許寿裳とともに外国医院に避難を余儀なくされた。そして八月には厦門《アモイ》大学に赴任するため、許広平とともに北京を離れた。林語堂の招きだった。許広平のほうは上海まで同行したあと、郷里の広東女子師範学校に就職することになっていた。

魯迅と許広平、教師と教え子、二人の往復書簡集『両地書』の文面からは、教え子から恋人に変貌した経緯は必ずしも伝わってこないけれども、少なくとも上海までは同行した事実は、すでに愛情関係が芽生えていたことを証するにちがいない。北京の妻朱安と母親も、二人の同行がなにを意味するか、すでに感づいていたと、一九八一年に出版された兪芳《ゆほう》の『私の記憶の中の魯迅先生』が伝えている。彼女は、周作人と決裂したあと魯迅が引っ越した磚塔《せんとう》胡同の屋敷で、いっしょに暮らしたことのある若い女性である。

魯迅自身が愛をはじめて告白したのは、厦門と広東《カントン》でのやりとりを集めた『両地書』第二集の二七年一月十一日の便りでだった。もうすでに許広平が待つ広州へ行く決心をしたあとである。

「以前はたまに愛ということに考えがおよぶと、たちまちその資格はないだろうとおもって、自ら羞《は》じたもので、したがってある人を愛そうなどとはしなかった。だが、連中の思想言行の内幕を見きわめたことは、わたしに自信を与えました。自分はそんなにまで自分を貶《おと》しめ抑えるにはおよばぬ人間である、わたしは愛することができるのだと。」

文中にある「連中」とは、北京時代の若い友人高長虹《こうちょうこう》をさす。許広平に横恋慕《よこれんぼ》していて、主宰する雑誌『狂飆《きょうひょう》』に魯迅と許広平のことを諷喩《ふうゆ》する詩を載せた。それを読んだ憤激が、こんな形で愛情を告白する手紙を書かせたのである。朱安との名ばかりの結婚に、いつまでも縛られている必要はないという決意の表白でもある。ときに魯迅は四十五歳、許広平との年齢差は十七歳である。

第五章　左翼陣営とのかかわり

一つだけ創造社に感謝したいことがある。かれらに「追いつめ」られたお蔭で、私はいくつかの科学的文芸論をよみ、これまで文芸史家たちがどんなに弁舌をふるおうと解けなかった疑問が解けたことである。

（『三閑集』序言）

国共合作の終焉

魯迅、許広平《きょこうへい》の往復書簡集『両地書』は、一九三三年四月初版、二人はすでに上海で結婚していた。うち北京でのやりとり三十五通を収める第一集、厦門《アモイ》と広州間のやりとり七十八通が第二集、第三集は結婚後母の見舞いに北京に帰った魯迅と上海に残った許広平との通信二十二通を収める。わずか四カ月少ししか滞在していない厦門—広州間の手紙が圧倒的に多いのは、二人の間ですでに愛情が確認されたあとだったからだろう。

魯迅が執筆した「序言」によれば、差し障りがある人名を若干《じゃっかん》直したほかは、ほとんどそのまま採録されたように書かれているけれども、じつは原信との間には相当の開きがあった。削除された手紙も何通かあり、魯迅によって手直しされた文面もいくらかある。この間の事情は、王得后《おうとくこう》の『両地書研究』（八二年）がまず明らかにし、ついで八四年に原信をそのまま採録した黄仁沛《こうじんはい》編『魯迅景宋通信集』が出るにおよんで、『両地書』との違いが完全に明るみに出た。じつは私が手にした『魯迅景宋通信集』は、広島でお会いした魯迅の子息周海嬰《しゅうかいえい》氏が帰国後すぐ送ってくださった本で、まだ日本国内には出回っていなかったこともあり、私には記念すべき贈り物だった。

それはともかく、『両地書』が省いた書簡のなかには、許広平たち女子学生数人で魯迅宅を訪問したさい、魯迅がしたたかに酔っぱらったことなどが記されており、北京脱出まで数カ月を残すこの時点で、彼が妻朱安と許広平との間でかなり動揺していた様子がうかがえる。同じく省略された返信に、自分はそんなに酔っぱらった覚えはないと開き直っているのも、かえってほほえましい。

厦門では、当初の予定では一年か二年、静養と執筆に専念するつもりだった。だが、社会から隔絶するような静かな大学での教員生活も、人事面の紛糾などがつづいて、思ったより楽ではなかった。自分を呼んでくれた文科主任の林語堂《りんごどう》も、優柔不断で頼りにならなかったし、なによりも胡適《こてき》の門人で歴史学者の顧頡剛《こけつごう》が、派閥人事を教員間に持ちこんで、魯迅を怒らせた。顧頡剛のことはよほど腹に据えかねたらしく、広州に移ってからも顧を「赤鼻」と綽名《あだな》して毛嫌いしている。晩年に書かれた『故事新編』の一編「理水」にもそれは反映して、文化山に集う学者たちの像に顧頡剛の姿が重なっている。魯迅の執念深さを示す一例である。

それでもこの短い期間に、『朝花夕拾《せきしゅう》』の後半五編、「藤野先生」や「范愛農《はんあいのう》」などを執筆し、また評論集『墳』を編纂してそのあと書きを付けている。自らを「中間物」と規定して、同じ墓場へ行くにしても、自分がよく知っている旧《ふる》い強敵と一戦を交える決意を表明したあと書きである。「中間物」という自己規定といい、旧い強敵との戦いという決意表明といい、当時の魯迅の心境の変化を示す文章といっていいだろう。

この『墳』のあと書き執筆からわずか二カ月後、二七年の一月半ばには魯迅は広州に移っている。同地の中山大学の文学系主任兼教務主任として赴任してきたのである。むろん許広平もいて、彼女は魯迅教授の助手になった。広東語への通訳が主な務めである。親友許寿裳《きょじゅしょう》も中山大学にやってきて、二人は大学の時計台の二階に住み、ほどなく市内の白雲楼と呼ばれる建物に移った。別室には許広平も移り住んでいる。許寿裳を含めての三人共同の生活。まだ正式に結婚するまでには至らなかったにしても、二人の関係がもう切っても切れない間柄であることを、内外に示す共同生活であっただろう。

だが、広州でのおだやかな生活も長つづきはしなかった。のちに四・一二クーデターとよばれる上海での大虐殺事件の発生である。北伐《ほくばつ》軍をひきいて上海に入城した蔣介石《しょうかいせき》が、労働者・共産党員たち三百人以上を虐殺し、逮捕者五百名以上を出すという事件を惹き起こした。北伐軍の入城前に上海を解放した労働者たちへの報復だった。国共合作の終焉《しゅうえん》である。そして広州は北伐軍の出発地だったから、事件はたちまち同地にも波及し、広東省だけで二千人以上が殺されたといわれる。

魯迅が勤める中山大学でも、四十人以上の学生が逮捕された。なかには即日殺されたものもいる。彼は教務主任として緊急の教授会を招集し、学生たちの救出を提案したが、容れられなかった。さっそく辞表を提出し、慰留にはあったものの、六月六日ようやく認められた。許寿裳も広州を離れた。

魯迅のほうはまだしばらく広州に残った。大学に辞表を出したあとは、白雲楼の自室にひきこもって『野草』の「題記」を書くなどし、七月には広州市教育局主催の夏期学術講演会で「魏晋《ぎしん》の気風および文章と薬および酒の関係」と題する講演をしている。

このときの講演があつかう魏晋時代の知識人の動向は、魯迅にとってはお手のものの材料だった。すでに『中国小説史略』の著者であり、また「竹林の七賢」の一人嵆《けい》康《こう》については、一九一〇年代から遺作を集めていて、『嵆康集』の公刊をしたかったほどである。内容もすこぶる精彩に富んでいて、聴衆もおおいに満足したといわれる。魯迅自身は翌二八年十二月三十日陳濬《ちんしゅん》にあてた手紙で、「広州で魏晋の事を語りましたが、それはまことに心に憤りがあって述べたものです。」といい、多くの青年が殺されたクーデター事件との関連を否定していないが、そんな内心の憤激はおくびにも出さず、魏晋のころの知識人たちが薬びたり酒びたりになりながら、政治の暴虐に抵抗したありさまを淡々と語っている。とくに礼教に反対したように見える彼らこそ、礼教を深く信じていたのだとする講演のさわりの部分には、亡き孫文の「三民主義」をほんとうに信じていたのは誰だったろうかという問いがかくされていたように思われる。もともとこの講演会は、林語堂がのちに回想しているように、魯迅の思想をためすべく国民党の市当局が企画したものだった。魯迅のほうはそんな思惑に関係なく、古い時代の話に終始して、うまくはぐらかしたのである。

こうして国民党の追及をかわした魯迅は、十月三日、許広平をともなって上海に脱出した。公然たる同居生活のはじまりである。二九年九月には子息海嬰も生まれている。

「革命文学論戦」での応酬

ところがそんな魯迅を上海で待っていたのは、いわゆる「革命文学論戦」だった。創造社の郭沫若《かくまつじゃく》は、上海に定住した魯迅を語らって、『創造周報』を復刊して共同戦線を張るべく広告まで用意したのだが、日本から帰国してきた李初梨《りしょり》たち若いマルキストが反対して、かえって魯迅や、そのころ小説を書きはじめていた茅盾《ぼうじゅん》を批判しだしたのが発端である。これに李初梨たちを日本から連れ戻した郭沫若の僚友成仿吾《せいほうご》や、太陽社の論客銭杏邨《せんきょうそん》らが加わって魯迅包囲網を敷いた。同時に批判された茅盾については、ここでは省略する。

たとえば二八年二月の『創造月刊』に載った成仿吾の「文学革命から革命文学へ」は、魯迅も同人の一人である『語絲《ごし》』派を批判して、彼らの誇るものは「閑《ひま》、閑《ひま》、三つ目も閑《ひま》」と揶揄《やゆ》した。そのうえで、魯迅たちの有閑《ゆうかん》文学を打倒して革命的インテリゲンチャの新しい文学を樹立しようと叫ぶのである。

革命的インテリゲンチャと労農大衆の結合という彼の主張は、それ自体そんなにまちがってはいないだろう。四・一二クーデター後の労農運動の崩壊という現実が、かえって彼らをそのような理論にみちびいた。両者の結合なしに事態の打開はありえないという判断である。

だが、この評論にちりばめられているマルクス主義の用語は、いかにも公式主義的であり、さらに三つの閑《ひま》をつらねて魯迅を含む『語絲』派を揶揄するあたりは、いっぽうで創造社の歩みに高得点を与える評価と合わせて、いかにも派閥意識まる出しといわなければならない。

また銭杏邨の「死せる阿Q時代」は、魯迅の作品が描くのは辛亥革命の時代相を出ていない。革命の新時代はもとより、五四の時代さえ描いていないと全面否定に近い。とくに『野草』を目の敵にして、出口のない袋小路で呻吟《しんぎん》する作者の苦悩は、階級性を欠いた彼の思想からして当然であろうと、かなり手厳しい批判を加えている。

いまから六十年近く前、大学の研究室で、この論文と、三〇年二月に書かれたもう一つの論文「魯迅」を読みくらべたときの暗然たる印象がいまも忘れられない。三〇年二月といえば左翼作家連盟成立の直前であり、その結成大会には、魯迅と銭杏邨は三人の主席団のメンバーとして机を並べていたのである。

私はそんな彼の第二論文「魯迅」を読んで、二つの評価の似ても似つかない違いに戸惑うばかりだった。「死せる阿Q時代」であれほど全面否定したのに、「魯迅」では、「阿Q正伝」に一定の評価を与えただけでなく、『野草』は「人類を熱愛する心を失わなかった」作者の苦闘を物語る作品だという。いうまでもなく、二年前の第一論文については いっさい触れていない。

ここには明らかに共産党の意向が働いている、とそのとき私は思った。あとに述べるように、「革命文学論戦」で対立したあと、党が間に立って魯迅との団結をはかり、三〇年三月の左翼作家連盟結成の運びになった。銭杏邨の第二論文は、そうした党の意向にしたがって書かれた。いやいやながら書かされた文章である。だからこそ最後の結論部分に、魯迅は「新時代の必然的到来を『朦朧《もうろう》』ながら認識した」という精一杯の嫌味を付け加えたのではないか。「酔眼朦朧《すいがん》」とは、魯迅を攻撃する文章に使われ、それを逆手《さかて》にとった魯迅が「『酔眼』中の朦朧」と題する反論を書いた、いわくつきの言葉である。

いっぽう魯迅のほうも一歩も退《ひ》かずに応戦した。前記「『酔眼』中の朦朧」では、芸術至上主義から社会主義的写実主義に飛躍した創造社の観念的急進主義を仮借なくあばきだし、「アウフヘーベン」とか「否定の否定」といった彼ら得意の用語の空疎さを、得意の筆調で描きだした。いったん論戦となったら、十年の経験をもつ先輩魯迅にかなうはずはなかった。この時期、彼は他にも数多くの応戦の文章をものしており、それらはのちに『三閑集』という刺激的な題をもつ文集にまとめられた。

「左翼作家連盟」への参加

ただ魯迅は、論争相手をやっつけるためにだけ、応戦したのではない。彼らの理論の背後に控えるマルクス主義に注目し、そこから学ぼうとしていたのである。『三閑集』の序言に書いている。

「一つだけ創造社に感謝したいことがある。かれらに『追いつめ』られたお蔭で、私はいくつかの科学的文芸論を読み、これまで文学史家たちがどんなに弁舌をふるおうと解けなかった疑問が解けたことである。しかも、この機にプレハーノフの『芸術論』を翻訳して、進化論だけを信じていた自分――および自分を介しての他人――の偏見から脱却することができた。」

ここで、創造社に「追いつめ」られたというのは、魯迅一流の諧謔《かいぎゃく》的表現だろう。べつに「追いつめ」られなくても、それ以前から彼はソ連の文芸界の動向を注視していた。まだ北京時代の一九二六年、ブロークの詩『十二』が未名社から刊行されたとき、序文を書いた魯迅は、トロツキーの『文学と革命』からブロークを論じた第三章を訳載している。つまりトロツキーの『文学と革命』をこの時点で読んでいたことになる。むろん日本語訳である。

北京時代の二五、六年には、他に『新ロシア文学の曙光期《しょこうき》』をはじめとして、多くの日本語訳本を購入している。それが二七、八年になるといっそう増えたのは、やはり「追いつめ」られた結果といっていいかもしれない。なかでもルナチャルスキーやプレハーノフの芸術論は、わざわざ翻訳して公刊するほどの熱の入れようだった。リージンの『竪琴《たてごと》』をはじめ、いわゆる同伴者作家の作品もいくつも翻訳している。

ロシア革命にまつわる日本人の著作、片上伸《のぶる》の『現代新興文学の諸問題』なども翻訳紹介している。

こうして彼は「進化論だけを信じていた自分の偏見から脱却」して、左翼作家連盟の結成に参加した。ただその結成大会で講演した内容は、かなり独得のものだった。おためごかしの挨拶はいっさい抜きにして、いきなり「今日、『左翼』作家はいとも簡単に『右翼』作家に変りうる」と切り出し、客間に坐って高尚なおしゃべりにふける「サロン」社会主義者になってはだめだ、と語りだす。そして「第二に、もし革命の実際の状態がわかっていないと、この場合もやはり簡単に『右翼』に変ります。」と述べて、ロシア革命のさいのエセーニンの例をあげながら、革命は苦しい事業であり、「汚れや血」を含まざるをえないのだという冷徹な現実認識をもとめている。ついで詩人・文学者が労働大衆と異なる特別な人間だと考える思い上がりを否定する。

そのうえで、古い社会にたいする戦いにおけるねばり強さの必要を説いて、ここ数年「無産階級の社会的地位が低い」のに「無産文学の文壇的地位が逆に高い」のは、古い社会に逆戻りしたからではないかと批判している。

さらにつづけて「大量の新しい戦士の養成」を力説する背景には、「一昨年、創造社と太陽社が私に攻撃をかけてきましたが、その力がじつに貧弱であって、のちには私のほうでもいささか手もちぶさたになって、反撃の気勢がそがれたくらいでありま す。」という文言に見られるように、魯迅の精一杯の皮肉がこめられていよう。もっと大量の本当の戦士が必要だという要請をこめながらである。

最後に「ねばり強い」戦いの必要を重ねて強調したあと、「連合戦線は共通の目的をもつことが必要条件であり」、「もし目的が労農大衆にありとするならば、戦線は当然、統一されるはずであります。」という言葉で講演を締めくくっている。

ここで魯迅が「連合戦線」という言いまわしを使っているのは、左連（左翼作家連盟）が創造社、太陽社などに属する共産党員と、魯迅、郁達夫《いくたっぷ》、茅盾などいわゆる同伴者作家の連合組織という意識があったからだと思われる。このうち茅盾は二十年代後半の一時期、共産党員だったことがあったらしいが、魯迅、郁達夫は最後まで党員だったことはない。

それでも魯迅は銭杏邨、夏衍《かえん》、田漢《でんかん》らとともに左連の常務委員七人の一人に選ばれ、機関誌『パルチザン』や『十字街頭』の編集なども積極的にやっている。そのころ党と魯迅との間のパイプ役を勤めた党員馮雪峰《ふうせっぽう》は、左連参加後の魯迅が、孤独な戦いをつづけていたそれ以前とちがって、明るくなり楽天的でさえあったという印象を、解放後に書かれた『回憶魯迅』に記している。

魯迅のほうも、この二十歳以上も年下の青年文学者を信頼していたらしく、同じ回想録に、二人で左連の機関誌を編集したときの様子がこんなふうに描き出されている。

「一九三一年の九・一八（満洲事変の開始）から三二年の一・二八（上海事変）まで、私は魯迅のいるアパートの一階に住みこんで（彼は三階に住んでいた）、『文学導報』と『十字街頭』の編集を一緒にやっていた。私たちの仕事はたいがい深夜だった。――そんな夜々の彼の興奮と愉快の心情を、私は永遠に忘れられない。……たいていは許広平先生たちが寝静まったあと、私は彼の部屋を訪ね、どの文章がそろったか、どんな文章が足りないか、どれだけの字数を必要とするかなどの相談をもちかけた。彼は、『自分が集めよう』と言うか、もしくは前もって書かれた原稿を机上からもってきて、どれだけ書き加えたらいいか、削ったらいいかを話してくれた。あらためて自分で書くこともあった。こんなふうにして一冊の編集が一段落すると、彼はビスケットなどの茶菓を出してくれ、暗いランプの下で声を落して語り合った。声を落したのは、人びとがとっくに寝入っていて、あたりが静まりかえっていたからである。彼の精神はじつに若々しく真率で、話はおおむねこんなふうに始まる、『私の考えではだね……』と。つづけて話は、当面の情勢にたいする見方とか、日本帝国主義の陰謀、あるいは国民党政府のあわてぶりなどに及んでいくのだった。」

これは、雑誌の編集というある意味でははなはだ辛気《しんき》臭い仕事に熱心にとりくんでいる当時の魯迅の姿が、彷彿《ほうふつ》とされる描写である。ただこの間、彼は何度か家を空けなければならなかった。左連に参加したため、国民党浙江《せっこう》省党部から「反動文人」として指名手配され、内山完造宅に一カ月も避難しなければならなかったし、翌三一年一月には若い友人の柔石《じゅうせき》たち五人の左連作家が逮捕されたため、累がおよぶのを避けて、妻子ともども日本人経営の旅館に身をかくした。四十日におよぶ避難生活である。しかも柔石たちの逮捕は、共産党内の派閥抗争に関係していた。モスクワ帰りの王明たちが党の実権を握ったのにたいして、柔石たちはこれに反対する派閥の会合に出席しているところを国民党官憲に踏みこまれて捕まった。何者かが密告したためだという。

魯迅もこうした経緯を噂としては聞いていたかもしれない。だがそれについては何も語らず、馮雪峰と共同して左連の機関誌『前哨』を「戦士者記念号」として秘密出版し、さらにその二年後、「忘却のための記念」を書いて柔石たちをしのんだ。

柔石は、被圧迫民族の文学を紹介し、外国の版画を輸入するためにこしらえた「朝花社」の同人で、二八年ごろから急速に親しくなり、左連でも中心的な活動家だった。この「忘却のための記念」で、魯迅はそんな彼ともう一人、白莽《はくぼう》こと殷夫《いんぷ》という若い詩人のことを回想したあと、「若いものが老いたもののために記念を書くのではない。

そしてこの三十年間、私が見せつけられたものは青年の血ばかりだった。その血は層々と積まれてゆき、息もできぬほどに私を埋めた。私はただ、このような筆墨をもてあそんで数句の文章を綴ることによって、わずかに泥のなかに小さな穴を掘り、そこから喘《あえ》ぎをつづけるだけなのである。これは、いかなる世界であろう。夜は長く、道もまた長い。私は、忘却し、ものいわぬがよいのかもしれない。だが私は知っている。たとい私でなくても、いつかきっとかれらを思い出し、再びかれらについて語る日が来るであろうことを……」という悲痛な言葉で結んでいる。

忘れたくて忘れられぬ柔石たちの思い出を、こんな文章につづったなかに、戦後武田泰淳《たいじゅん》の代表作『風媒花《ふうばいか》』にも出てくる律詩一編が紹介されている。避難先の旅館で詠《よ》んだ。

慣于長夜過春時　（とこ夜になれて春を過ごし）
挈婦将雛鬢有絲。（妻と子とはたわが髪にまじる白毛と。）
夢裏依稀慈母涙　（夢にうかぶは母の涙）

城頭変幻大王旗。(城頭にひるがえる支配者の旗。)
忍看朋輩成新鬼(友の死を嘆く身のすべなく)
怒向刀叢覓小詩。(武器にたいして求むるはただ詩。)
吟罷低眉無写処(詩はあれど写すにところなし)
月光如水照緇衣。(月光は水のごと黒衣を照らす。)

下に竹内好訳の読み下し文を付した。難解な語句に最小限必要な訳を添えれば、「依稀《いき》」はおぼろげ、「覓《べき》」は探しもとめる、「緇衣《しい》」は黒衣である。私としては、詩の底に流れる悲哀の情を、どうか感じとってほしいと願うだけである。

敵対する勢力との果敢な論争

この時期、魯迅は「忘却のための記念」に記すような苦しい思いを強いられながら、いっぽうでは左連に敵対する勢力に果敢《かかん》な論争をいどんでいる。

その一つは、文学の階級性をめぐる新月社との論争である。新月社は、徐志摩《じょしま》、梁《りょう》実秋《じっしゅう》、胡適《こてき》ら欧米帰りの学者、詩人たちを同人として二八年三月に発足したグループで、雑誌『新月月刊』に拠った。彼らはいっさいの「主義」に反対する立場から、当時勃興《ぼっこう》したばかりの無産文学に攻撃を加えた。これにたいして魯迅は、「新月社批評家の任務」（一九二九年）、「『硬訳』と『文学の階級性』」、「好い政府主義」、「『宿なしの』『資本家のみすぼらしい犬』」（一九三〇年）などの雑感文で、文学の階級性を擁護するとともに、彼らが超階級性のポーズの下にかくしている「資本家の走狗」としての実態を鋭く衝《つ》いている。

「ギリシア神話に出てくるプロメティウスはしばしば革命家にたとえられる。火を盗んで人間に与えたため、ゼウスの怒りを買って厳罰に処せられたが悔いなかった。その博愛と忍苦の精神が似ているという。だが、私が外国から火を盗んだのは、その目的は自分の肉を煮るためである。もしそれによって味がよくなれば、嚙み手はそれだけ得をするわけであり、私のほうでも肉体の浪費におわらぬからだ。すなわち、出発点はまったくの個人主義からであって、それにプチブル的な見てくれの気持ちと、こっそりメスを取り出して逆に解剖者の心臓をつき刺してやる『復讐』の気持ちとがまざっていた。」

これは左連参加の直前に書いた「『硬訳』と『文学の階級性』」のなかに出てくる一節である。みずからの個人主義やプチブル性を認めるあたり、まだ二〇年代末の成仿吾たちとの論争の名残りが認められるけれども、梁実秋たちにたいして「文学の階級性」を擁護《ようご》する姿勢ははっきりしていた。そうした観点から、ソ連の文学理論を「硬訳」で紹介した自分の仕事も、有益だったと主張するのである。

三二年四月に書いた『二心集』の序言でも、御用文学者が自分のことを左翼陣営に投降した「弐臣《にしん》」と呼んだことに触れて、この雑感集をあえて「二心集」と名付けたと語り、つづけて「以前は自分の知りつくしている自分の階級をにくみ、それが滅亡するのを惜しいと思わなかったのだが、のちに事実に学んで、新興のプロレタリア階級にこそ将来性があるとさとったのは否定できない。」と述べている。これもいかにも魯迅らしい言い回しであり、こんな表現で自分が「弐臣」になったわけを説明するのである。

左連を攻撃したのは、新月社だけではない。国民党はすぐさま「民族主義」文学運動をでっちあげて左連に対抗した。魯迅は、この運動が民族のなかの投降分子をかき集めた「浮遊死体」にすぎないことを暴露した評論「『民族主義文学』の任務と運命」を書いて、すぐさま反撃したし、三二年には、不偏不党を標榜《ひょうぼう》して階級闘争の埒外《らちがい》に文芸を置こうとした蘇文《そぶん》たち「第三種人」の主張にたいしても、「『第三種人』を論ず」を執筆して批判を加えている。

「階級社会に生きて超階級の作家を志し、戦闘の時代に生きて戦闘離脱の孤立を求め、現在に生きて将来のために作品を書く、そのような人間は、じつは主観内部の幻影であって、現実世界では成立しない。そのような人間になろうとするのは、自分の手で自分の髪を引っぱって地球から離脱しようと図るようなものである。」

だが、「第三種人」にたいする魯迅の批判は、新月社の「正人君子」や民族主義文学運動の「無頼漢」にたいする情け容赦ない批判とちがって、かなり抑制的である。少なくとも彼らを「ブルジョア階級の番犬」あつかいはしていない。しかもこの評論の最後の一句「どうすればよいのか?」は、馮雪峰《ふうせっぽう》が付け加えた。この一句で蘇文の退路を用意したのだといわれる。

「第三種人」論争

馮雪峰は、左連に参加する前の二十年代末ごろ、蘇文とは同じ文学仲間で、『無軌列車』という雑誌の同人だった。名称が示すとおり、無産文学を唱える創造社や太陽社とは異なる文学結社である。ここに載せた「革命と知識階級」が詩人から評論家に転じた彼の第一作であり、柔石からこれを見せられた魯迅に、「この人も創造社の一派だろう」と貶《けな》されたいわくつきの評論である。国民性と現世の暗黒面を攻撃するうえでは当代並ぶもののない第一人者でありながら、無産階級にたいしては一個の傍観者にすぎなかったという論理は、すでに共産党員だった若い馮雪峰の精一杯の評価だったかもしれない。

にもかかわらず、二人はその後左連での親しい友人となり、三二年にはともに「第三種人」論争に加わった。馮の論文には、「『番犬文芸』論者の醜いくまどり」（三二年六月）などがある。

ところが八二年に「歌特論文」が発見されてから、この論争の意味づけにも重大な変更が生じた。それは「歌特」こと党臨時中央政治局常務委員の肩書をもつ張聞天《ちょうぶんてん》が、魯迅の「『第三種人』を論ず」とちょうど同じ時期に発表した「文芸戦線上の関門主義」と題する論文のことである。党内機関誌『闘争』の三二年十一月三日号に載り、それが馮雪峰の手によって翌年一月十五日の『世界文化』（左連の機関誌のひとつ）二期に転載された。内容は、左連に見られるセクト主義を批判して、「第三種人」を「革命的プチブル文学」として自分たちの同盟者と位置づけた。蘇文たち「第三種人」だけではない。左連の外延にいる多くの作家たちとの同盟を意図した内容だった。

画期的ともいえるこのような論文を、当時極左路線を突っ走る王明《おうめい》指導部の有力な幹部だった張聞天が書けたについては、程中原《ていちゅうげん》の『張聞天と新文学運動』（一九八七年）という著書が、三二年一月の上海事変で活躍した十九路軍の工作に関与した経験が活かされたのではないかと推測している。

それもあったろうが、私としてはやはり馮雪峰の関与も大いにあずかって力があったはずだと考えている。というのは、当時党側の宣伝担当の責任者張聞天と、馮雪峰は左連を代表して〝単線連絡〟できるただ一人の人間だったからである。しかもガリ版刷りのこの論文を『世界文化』に転載したのは雪峰であり、転載にあたって若干の手直しさえしている。この論文は二人共同の産物だったかもしれないのである。

馮雪峰のこうした認識が魯迅の評論にも反映したとみるのは、私の読みすぎではないはずである。雪峰自身、三三年一月に書いた「『第三種文学』の傾向と理論」では、蘇文にたいして、超階級願望の非現実性を指摘しながら、「第三種文学」が社会の真実を反映した作品創造に向かうよう希望している。そして「『第三種人』の問題」では、今回の論争にあらわれた左連側の「歴史的関門主義」の誤りを自己批判するまでになるのである。

魯迅も「歌特論文」を読んだあとに書いた三三年七月の「『第三種人』再論」では、フランスから寄せた戴望舒《たいぼうじょ》の手紙にたいして、「第三種人」が不偏不党を標榜《ひょうぼう》するのは自由だが、革命を中傷したり曲解するものにたいして分析する自由も左翼理論家にはあるという言い方で、左連の運動を擁護している。彼らを攻撃するのではなく、彼らを「分析する自由」が左連にもあるという表現にとどめている。馮雪峰ほどではなくとも、魯迅の文章にも微妙な変化が現れているとみていいだろう。馮雪峰同様、魯迅もまた左連のセクト主義（関門主義）にはずっと悩まされてきたのだから。

そんな折り、彼を悩ませる新しい事態が発生した。左連の機関誌の一つで周揚《しゅうよう》が編集する『文学月報』に載った一編の詩をめぐるトラブルである。三二年十一月に出た同誌四号に、芸生の署名で長詩「漢奸《かんかん》の供状」が発表されたのを読んだ魯迅が、「罵倒《ばとう》と威嚇《いかく》は戦闘ではない」という手紙を書いて、編集者の周揚あてに送った。「『第三種人』について」を書いた直後でもあり、無関心ではいられなかったのだろう。

標題が示すように、主張ははっきりしている。「第三種人」の論客胡秋原《こしゅうげん》を批判するつもりが、罵倒をくりかえし、やたら威嚇するだけでは、文芸の論戦にならない。「無産者の革命は、自己の解放と、および階級の消滅のためのものであって、人を殺すためのものではありません。」とまで述べている。

この魯迅の忠告にたいして、周揚は何も答えなかったが、雑誌『現代文化』に首甲《しゅこう》、方萌《ほうぼう》、郭冰若《かくひょうじゃく》、丘東平《きゅうとうへい》の連名で反駁《はんばく》文が載った。丘東平をのぞいて首甲以下みな正体をかくす変名だが、わけても「郭冰若」という、いかにも郭沫若を思わせる署名はいやらしすぎる。内容も、敵対する階級を威嚇するのがなぜ悪いか、それを非難する魯迅先生こそ「右傾機会主義の色彩濃厚である」と居直った、かなり感情的なものだった。

この時期は周揚が左連内の党グループ書記に就いていたことと関連して、魯迅と左連との間にぎくしゃくが生じる原因となった。前記柔石たちの逮捕にまつわる噂といい、こんどの一編の詩をめぐるいざこざといい、あるいはさかのぼれば左連結成の前夜に書かれた銭杏邨《せんきょうそん》の、肯定するとも批判するともつかない第二論文といい、歪《ゆが》んだ政治の論理が左連での魯迅の奮闘に一定の影を落としたことは否《いな》めないだろう。そんな魯迅にとって、このときのいざこざでも馮雪峰と瞿秋白《くしゅうはく》とが魯迅の側に立って反論を書くなど、終始味方でいたことは、唯一の救いだったのではないか。

瞿秋白との友情

ここで瞿秋白と魯迅との友情について、そして瞿の活動のあらましについて、簡単に記しておきたい。

一八九九年、江蘇《こうそ》省の没落読書人の家庭に生れた彼は、ロシア語の専門学校を卆業して、革命直後のソヴェトに入り、『赤都心史』などのルポルタージュを国内の新聞に送っている。中国共産党に入党したのもこの訪ソ中である。二三年一月に帰国後は、党中央の機関誌『新青年』の編集者として主に宣伝・理論面で活躍、二三年の第三回党大会で中央委員に選出された。そして二七年夏の中央緊急会議で陳独秀《ちんどくしゅう》に代わって中央書記に就任。四・一二クーデターで混乱した国内情勢下、彼が党の最高指導者になった半年間は、のちに「極左盲動主義」として批判される時代だった。

二八年二月、モスクワのコミンテルン執行委員会に呼び出されて批判され、中央書記を解任されたあと、そのままモスクワにとどまってコミンテルン執行委員兼駐ロシア中共代表を務めた。そして三〇年八月に帰国後、李立三《りりつさん》路線を清算するための三中全会を主宰したのだが、「調停派」の立場をとったとして党内の批判をあび、翌年一月の四中全会で政治局員を解任された。この四中全会こそ、李立三路線に代わってモスクワ帰りの王明《おうめい》一派が指導権を握った中央委員会である。

党の最高指導者になった二七年夏の時点で、彼はまだ二十九歳の青年だった。そんな青年を中央書記に押し上げたのは、いかに理論面で活躍した才能豊かな知識人だったとはいえ、やはり中国革命のめまぐるしい激動と党の未熟のせいだったといわなければならないだろう。その点では、あとを継いだ李立三も王明も、基本的には同じだったのではないか。彼らの極左路線やセクト主義を、すべて彼ら個人のせいにするのは酷だと思う。当時の党の未熟さがそうさせたのだ。

　政治生活から遮断された瞿秋白は、馮雪峰の援助下に丁玲《ていれい》が主編を務める『北斗』などに寄稿して、左連の活動に参加するようになる。魯迅と知り合ったのも、魯迅訳『壊滅』についての印象を書き送って「会ったこともないのに親密さを覚える」としたその友情に、魯迅がやはり返事をしたためたところからはじまる。彼が左連の工作に参加していることを馮雪峰から聞いて、魯迅は興奮するほど喜んだそうだ。

　左連での活動で瞿秋白がいちばん力を入れて取り組んだのは、文芸大衆化の問題である。日本のプロレタリア文学運動でも文芸の大衆化は大きな課題だったが、大衆の教育水準が日本よりはるかに低かった当時の中国では、それはより切実な喫緊《きっきん》の課題だった。瞿秋白は「大衆文芸の問題」「大衆文芸を論ず」「大衆文芸を再び論じ止敬《しけい》（茅盾）に答える」などの論文を書いて、この問題についての見解を表明している。魯迅も「翻訳についての通信」や「『連環図画』弁護」などで論争に加わっているし、茅盾や周揚も発言している。

瞿秋白の立論で特徴的なのは、今日必要なのは「無産階級の五四」、すなわちプロレタリアートの立場からもう一度文学革命が必要だとする考えである。現在、大衆と知識階級は「万里の長城」によってへだてられている。五四以来の新文芸は読書人と欧化青年に独占され、他方ではこれと無関係に章回体（全編を多くの回に分け、各回にタイトルをつける形式）の旧小説が大衆に愛好されている。この現状を打開して真の文芸大衆化を実現するためには、まず欧化した文学語を改革し、俗語の使用や旧形式の利用も避けてはならない。無産者が書く労農通信運動なども活発化すべきだろう。これが彼の提唱する「無産階級の五四」である。

こうした彼の創見が、左連の文芸大衆化問題の展開に有力な理論的根拠をあたえただけでなく、延安時代の毛沢東文芸路線にも少なからぬ影響をあたえたことは明らかである。五四以来の欧化青年が、延安に集う知識青年の原型だったのだから。

瞿秋白はこのほかにも数多くの短いエッセイを執筆している。魯迅の雑感に似ていなくもないが、少し軽すぎる、深刻さが足りないと魯迅が評したことがあると馮雪峰が回想している。その瞿のエッセイのうち十数編は、魯迅の筆名を借り、許広平が筆写して新聞に寄稿された。瞿の非合法の身分をくらますためだったが、魯迅はそれらの文章を自分の著作集にそのまま収めている。国民党官憲に追われて身の危険がせまったとき、魯迅が自宅にかくまったことも一再ならずあった。

魯迅は、瞿のロシア語の才能も高く評価していた。エンゲルスのバルザック論やレーニンのトルストイ論などを最初に中国に紹介したのも彼である。ゴーリキーの小説などもたくさん訳している。魯迅も二〇年代後半から多くのロシア、ソ連文学を訳しているけれども、ロシア語はできなかったから、日本語からの重訳だった。そんな彼に、ロシア語に堪能だった瞿秋白の存在は貴重だった。加えて中国語の才能にもすぐれているというのが魯迅の評価だったから、魯迅は翻訳についてしょっちゅう瞿の意見をもとめ、ルナチャルスキーの『解放されたドン・キホーテ』などは、自分で日本語から重訳しはじめたのを中止して、あらためてロシア語からの直接訳を瞿秋白に頼んだほどである。

瞿秋白は、こうした魯迅の友情にこたえて、『魯迅雑感選集』一冊を編纂し、長文の序文を付して魯迅文学の発展を跡づけた。三三年のことであり、当然魯迅も目を通している。いわば魯迅公認の選集であり、序文である。瞿としては、二八年の「革命文芸論戦」ばかりか、三〇年以降の左連時代にも魯迅にたいする偏見や誤解が消えない現状に、マルクス主義の立場からの正当な評価をあたえたいという思いがあった。「自分が因襲の重荷をになない……」という『墳』所載の言葉を冒頭に置くこの論文は、「進化論から階級論に進んだ」魯迅、「紳士階級の叛逆児から無産階級の真の友人に、ひいては戦士にまで進んだ」魯迅を描き出すことによって、左連内にまでまだ残るさまざまな誤解、偏見に答えようとした。さきの首甲以下四名の署名になる「右傾機会主義」非難などもそのなかに入るだろう。

だがその瞿秋白も、三四年二月には江西ソヴェト区に去っていった。一月前には馮雪峰も同じように上海を離れて、江西ソヴェト区に入っている。いちばん信頼していた二人の友人を失ったことで、魯迅がどんな寂しい思いをしたか、推測にかたくない。

上海を離れるに当たって別れを告げに来た瞿秋白に、一夜魯迅は自分のベッドをあたえて惜別《せきべつ》の情を示したと、許広平が回想している。

ソヴェト区では、瞿は文化教育人民委員に任じていたが、その後江西を放棄してはじまった長征には、病弱のためもあって参加せず、翌三五年三月江西から脱出の途次、福建省上杭で捕えられ、六月十八日処刑された。享年三十七歳だった。

その死を知った魯迅は、病中にもかかわらず遺稿を整理し、ロシア文学関係の翻訳を『海上述林』上下二巻として刊行した。政治関係の論文は党の申し入れによって収録を控えたといわれる。魯迅の短い序文には、瞿をたたえることばもなく、深かった交友についても何も触れていない。その無言がかえって魯迅の深い痛惜《つうせき》を語っているように思われる。

ただこの逮捕処刑に関しては、「余計な話」と銘打った瞿の遺言めいた文章がネックとなって、毀誉褒貶《きよほうへん》さまざまな評判が当時からあった。しかもこの文章が文化大革命の初期にふたたび問題化し、彼を「裏切り者」と呼ぶ革命造反派が、彼の遺骨が眠る北京の革命烈士公墓をあばくといった暴挙に出た。

私もこのときはじめて「余計な話」を読んだのだが、この告白文をもって裏切り者視することにはどうしても賛成できなかった。これを国民党のデッチあげだとする説もあるけれども、それも私は採らない。確かに本人の書いた文章だということは、筆跡からも明らかだとする証言もある。

ただこの遺書めいた告白文は、彼のこれまでの華やかな経歴を知るものには、たしかに意外な印象をあたえる。ことに二七年夏の党中央書記就任以降の自分の政治生活の誤りを、もともと政治家にはむかなかった「文人気質」のせいにするあたりは、言外に李立三・王明コースにたいする批判が込められているとしても、やはり政治家としては失格だったといわなければならないだろう。

全体に語調は暗く、自虐的でさえある。ただ左連での具体的仕事内容や魯迅との友情関係などにはいっさい口をつぐんでいて、迷惑がおよぶのを明らかに避けている。党内問題でもそうだ。王明にはいろいろ煮え湯を飲まされたのに、公然たる批判は控えている。そこらへんの節度はちゃんと守ったうえでの告白であり、大部分は自己の解剖についやされている。

国民党のほうも、転向させるべくいろいろ働きかけたらしいが、すべて断り、最後は「インターナショナル」を歌いながら処刑されたそうだ。さすがは魯迅の戦友として恥じるところはなかった、と私は思う。

第六章　故事を語る

「周の粟を食まず」と「普天の下、王土に非ざるなし」の矛盾を生きる。

（「采薇」）

『故事新編』の成り立ち

『故事新編』は魯迅最後の小説集で、出版は三六年一月、古代の歴史に材をとった一種の歴史小説集である。ただし最初の「補天」が書かれたのは一九二二年十二月だから、全体の完成までに十三年かかっている。しかもこの「補天」は、「不周山」の題名で『吶喊《とっかん》』に収められた。それなのに『吶喊』第二版から外して『故事新編』に編入したのは、成仿吾《せいほうご》の「『吶喊』の評論」が「阿Q正伝」その他をけなしたうえで、「不周山」だけをもち上げたのに反撥して、『吶喊』から削除したと『故事新編』の序言（三五年十二月二十六日）にわざわざ断っている。

その後厦門《アモイ》時代に「鋳剣《ちゅうけん》」と「奔月《ほんげつ》」の二編を書いて、歴史小説集の構想がかたまった。なのに三四年の「非攻」までつぎの作品が書かれなかったのは、作者も述べるように、広州でのクーデター事件や上海に来てすぐはじまった「革命文学論戦」、そして左連への参加という多忙がつづいたからである。

つぎの「非攻」が生まれる三四年は、左連との関係が冷えきったころであり、もはやもうあまり「多忙」ではなくなった。そして翌三五年十一月に「理水」が、十二月に「采薇《さいび》」「出関」「起死」の三編があわただしく書きつがれて完結した。そして「序言」が暮れもおしつまって書かれ、翌年一月には出版の運びになったことは前に記したとおりである。

出版までのこうした倉卒《そうそつ》な運びが、出版社の督促《とくそく》に一つの理由があったことは、魯迅自身が認めるところである。この本が出た直後の三六年二月一日の黎烈文《れいれつぶん》あて手紙に、「『故事新編』は『責任ふさぎ』のしろもの。」と書いているとおりである。

だが、「責任ふさぎ」だけでこの小説集ができたとは考えられない。倉卒の間にもどうしても書き上げたい内部衝迫《しょうはく》があったはずだと私は考えている。「理水」以下の作品を書きすすめていたころ、魯迅の肉体はとみに衰えつつあった。心配した友人たちが国外への転地療養をすすめ、本人もその気になった時期である。翌年、死の一月前に書いた「死」というエッセイのなかで、彼はこう記している。

「去年このかた、病後の休養のときには、いつも籐《とう》の寝椅子に横になっていて、体力が回復したら何に手をつけるかを考えるのが癖になった。どんな文章を書こうか。どの本を訳し、または刊行しようか。そして考えが決まると、つぶやく。そうだ、そうしよう――だが、早くやることだ。この『早くやることだ』という考えは、むかしはなかったものである。知らず知らずのうちに、自分の年齢を気にするようになったのだろう。もっとも、直接『死』を考えたことは一度もなかった。」

まだ直接「死」を考えなかったにしろ、その予感が仕事を急がせた、「早くやることだ」と。そんなふうにして『故事新編』は完結したのである。

「序言」の末尾にこうある。

「いまようやく一本にまとめることだけはできた。しかし内容はスケッチのままのが大部分で、『文学概論』にいう小説とは申しかねる。いくらか古典に根拠のある部分もあるが、空想だけの産物もある。しかも古人に対しては今人ほど自分が敬虔《けいけん》になれないから、とかくおどけ半分である。十三年たっても一向進歩はせず、どうやら『ことごとく「不周山」なみ』と言えそうだ。ただ、古人をもう一度死なせるような書き方はしなかったつもりだから、なおしばらくは存在を許されるかもしれない。」

謙遜した言い方ながら、「なおしばらくは存在を許される」と自信のほどが語られている。その前の「古人をもう一度死なせるような……」の意味は、竹内好『魯迅文集』の註に「他の歴史小説の作家（たとえば郭沫若《かくまつじゃく》）への諷諭《ふうゆ》があるらしい」とあるが、私にはよくわからない。郭沫若の歴史小説は、私も読んだことがあるけれども、そのどのあたりを魯迅が諷したのか、私にはわかりかねるのである。それはともかく、さきの黎烈文あての手紙でも、「責任ふさぎ」云々につづけて、「『鋳剣』のほかは、ふざけた調子なのですが、しかし文人学士の何人かは頭痛がしないではいない。」と自信のほどを見せている。ちなみに黎烈文は、このころ魯迅や茅盾《ぼうじゅん》たちと訳文社を組織して「訳文叢書《そうしょ》」を出版していた編集者である。のちに述べる国防文学論争でも、魯迅と行動を共にしている。

以上が『故事新編』にたいする私の前書きである。以下、収められた作品についての私の感想を述べることにするが、作品の配列が作者には珍しく執筆年代順ではなく、扱った題材の時代順であること、また私の感想も、長短精粗《せいそ》の別がおのがじし生じたことを、あらかじめ断っておきたい。それから作品の題名も、竹内好『魯迅文集』によらず、原題のままにした。私自身、昔からそのように読みならわしてきたからであり、他の訳者もだいたいそうしているからである。たとえば竹内訳が「理水」を「洪水をおさめる話」とし、「起死」を「死人をよみがえらす話」としているのには、私としてどうしても抵抗をぬぐいきれない。

厦門時代の作品群の再評価

さて、最初の「補天」。はじめて人類をつくりだした女媧《じょか》伝説に材をとったこの作品は、つくりだされた人間たちと女媧とのあいだに会話がいっさい通じないところが味噌といえようか。「上真、お助けを……」云々からはじまって、「アア、天ハ喪ヲ降《クダ》セリ」などなど、人間の発する言葉は女媧にはまったく理解できない。そんな孤独な心境で不周山の欠損を補修しながら、彼女は息絶える。

ただこの小説は、両者の会話が通じあわないあたりの描写に一種のおかしさが滲《にじ》みでていて、作者の諷刺精神が感じられるとしても、全体としてはそれほどの傑作とも思えない。序言がいうとおり、佳作とは断言できないだろうと私も思う。

厦門で書いた「奔月」もそうだ。この小説は高長虹《こうちょうこう》をからかうために書いたと『両地書』第二集にあるとおり、主人公羿《げい》が弟子の逢蒙《ほうもう》と弓矢で争う場面がたしかに出てくる。逢蒙に高長虹を仮託しているのである。だがその場面はほんの少しだけで、ただそれだけのためにこの小説が書かれたわけではない。嫦娥《じょうが》との夫婦生活が諷刺的に描きだされ、羿が道士からもらった金丹を横どりして飲んだ嫦娥が、天上に去っていったのを怒って、羿が月を射るというのが話の本筋である。むろん嫦娥伝承などの神話・伝説に取材している。

しかし作品のできばえとなると、あまり高い評点はあたえられないように思う。高長虹にたいする魯迅の怒りはよくわかるけれども、それを小説創作の動機にするのは行きすぎに思われるし、鴉《からす》の炸醬麵《チャヂャメン》をめぐる夫婦の会話もあまり上出来とは思えない。妻に去られた夫の怒りなども、描写がありきたりで、『吶喊』以来この手の描写が不得意だった作者にして然りと思わせる作品である。

これら二作にたいして、同じ廈門時代に書かれた「鋳剣」以下の作品群は、出色のできばえといっていい。少なくともわが国における魯迅論の嚆矢《こうし》と目される竹内好の『魯迅』が、『故事新編』全体を失敗作とみなし、彼の文学にとっては「蛇足」だったと評したのとは反対に、私はひとつひとつの作品に魯迅らしい意気込みと精神の高揚を認めたいと思っている。失敗作とは到底思えない。

そんな私の感想を、作品の配列順、あるいは執筆年代順にこだわらず自由に記してみたい。その前に、増田渉《ますだわたる》にあてた手紙の一節を引用しよう。

「上海は寒くなりました。自分は老衰したのか、本当に仕事が多くなったのか兎角《とにかく》忙しく感じます。今は神話などより題材をとって短篇小説を書いてますが成績はゼロだろーと思います。」

ちょうど「采薇《さいび》」など最後の作品三編を執筆していたころである。「成績はゼロだろー」というのは謙遜で、むしろ作者の自負さえ感じられる文面である。そうでなければ、増田渉にわざわざ知らせるまでもあるまい。

「鋳剣」は二六年十月の作、「奔月」の二月前である。王に青剣を献じたために殺された父の仇《あだ》を討つ復讐譚《ふくしゅうたん》といっていいだろう。ただ自分一人では王を殺すことができず、宴之敖者《えんしごうしゃ》と名のる黒い男が助勢する。なんのために助勢するのかと聞かれた答えがふるっている。

「でも、あなたはなぜ、わたしのために仇を討ってくださるのですか? あなたは、父をご存じですか?」

「おれは前からおまえの父を知っておる。前からおまえを知っておるのと同様にな。しかし、おれが仇を討つのは、そのためではない。賢い子どもよ、よいか、聞け! おまえはまだ知らぬのか、おれがどんなに仇討ちの名人かを。おまえのは、おれのだ。

それはまた、このおれだ、おれの魂には、それほど多くの傷がある。人が加えた傷と、自分が加えた傷とが。おれはすでに、おれ自身を憎んでおるのだ。」

それを聞いた眉間尺《みけんじゃく》（子ども）は、だまって自分の首を刎《は》ね、父が遺した青剣とともに黒い男に渡す。男はそれをもって王城に行き、王をたぶらかして金の鼎《かなえ》に眉間尺の首を入れ、のぞきこんだ王の首も刎ね、さらに自分の首も刎ねて首尾よく仇を討つ。

この物語は魏《ぎ》の曹丕《そうひ》の『列異伝』や晋《しん》の干宝《かんぽう》の『捜神記』などに材をとったとされるが、魯迅の創作した話も多く入っている。右の宴之敖者の答えなどもそうであり、一見してわかりづらいけれども、ここの論理はむしろ作者自身のものだろう。そのあとにつづく男の歌や鼎のなかでうたう眉間尺の首の歌なども、ほとんど意味不明である。作者自身もそれは認めていて、増田渉の質問に答えた返事に「併《しか》し注意しておきたいのは、即ち其中にある歌はみなはっきりした意味を出して居ない事です。変挺《へんてこ》な人間と首が歌ふものですから我々の様な普通の人間には解り兼《かね》るはづです。」としたためている。作者自身、「普通の人間」にはわかりかねると言っているのだから、世話はない。私たち凡人が、なにか意味を求めて穿鑿《せんさく》する必要はないのである。

だが、このへんてこな歌を含めて、作者がこの作品で訴えたかったものは何だったのだろう。全体の構成が一種の復讐譚であることはまちがいなく、魯迅がその復讐という想念に若いころから魅力を覚えていたのもたしかである。その復讐に、作者の自画像を思わせる黒い男の加勢が重なって、三つの首の争闘となる。このあたりの描写に、作者は中国革命の現実を反映させていたのかもしれない。辛亥革命から三・一八事件まで、おびただしい血の犠牲者を出してきた革命の現実である。そこに黒い男になぞらえられた自己を投入することで、この作品は成立したのである。

ちなみに黒い男が名のる「宴之敖者」は、魯迅が使っていたペンネームの一つであり、しかもこの命名には、周作人との不和の原因をつくった日本人妻羽太信子にたいする怨みが込められているそうだ。作品の構想とは関係ないと思うけれども、いちおう断っておきたい。

「非攻」の墨子像

「非攻」の主人公墨子《ぼくし》は、つぎの「理水」の禹《う》と同様、作者の理想像として描かれている。魯迅は昔から孔子にはじまる儒家よりも、他の諸子百家、とりわけ墨子の兼愛説（平等を説く）を好んだ。ここに描かれる平和主義も、墨子の思想の一部である。たぶん、疲弊《ひへい》した小国宋を大国楚《そ》が攻めるという設定は、当時の日本の侵略を視野に入れたものにちがいない。

物語は孔子の門人子夏《しか》の弟子が墨子を訪ね、その非戦論をなじったのにたいし、「やれやれ、おまえたち儒者は、口では堯舜《ぎょうしゅん》をたたえながら、行いは豚や犬に学ぶつもりとは気の毒千万！」と追い返すところからはじまって、楚国に赴《おもむ》き、王様に面会して宋攻略を断念させるまでの話である。

身なりは乞食同然、わら沓《ぐつ》もすり減って足はまめだらけ。途中立ち寄った宋の都で、「われわれは宋国の人民の気概を見せてやろう！　われわれはみんな命を棄てよう！」

と演説する弟子に出会ったりしている。むろん墨子はそんな弟子の「玄虚をもてあそぶ」演説には批判的である。

楚国に入ってまず訪ねるのが同郷の公輸般《こうしゅはん》。鉤拒《こうきょ》を造って楚王に越国を攻めさせ、こんどは雲梯《うんてい》を考案して宋国を攻めさせようとしている「少しばかり知恵のある」奴だ。だが楚王の目の前で公輸般と模擬戦をやって勝った墨子は、かりに自分を殺しても宋には弟子三百人が防禦《ぼうぎょ》の機械を用意して待ち構えていると説き、ついに宋攻撃を断念させる。

このあと公輸般の家に戻ってからの二人の会話も秀逸である。義、恭、愛を説いてやりこめたあと、公輸般が持ち出して自慢した鵲《かささぎ》の模型にたいして、「しかし、大工のつくる車輪には及びません。三寸の板を削っただけで、五十石《たん》の重さの荷を上に載せます。」と反論するあたりは、作者得意の筆法であろう。

この小説は、最後に墨子がせっかく助けてやった宋国への入城を断わられるところまで、ほとんど『墨子』の記載に拠っているそうだが、それらの記載を取捨選択して一篇の物語に転化した作者の手腕は、もののみごとというほかない。かねて好きだった墨子であればこそできたのではないかと思う。

つぎの「理水」は、『書経』や『史記』などもろもろの材料を使って、禹の治水伝説を小説化した作品である。これが書かれた年には実際に大洪水があったそうだから、それもモチーフに関係していたと思われる。

それに禹は、魯迅の故郷紹興の郊外にある会稽《かいけい》山で崩じたと伝えられ、その廟《びょう》がいまも残っている。辛亥革命の直前、紹興中学堂の教員だった彼が、植物採集のため学生たちを連れて会稽山に登った記録もあり、禹は幼少時代から親しい存在だった。私も紹興を訪れたさい、会稽山の禹廟を見学したことがある。思ったより壮麗な建物だった。

しかしこの作品で禹が登場するのはかなり後半であり、それまでは文化山に集う学者文人たちのお喋《しゃべ》り、そしてその生態が徹底的に戯画化されている。そもそもこの「文化山」という命名自体が、三二年十月、北京在住の学者数十名が宣言を発して、軍隊の撤退と北京を「文化都市」とするよう国民党政府にもとめたことに由来している。日本の侵略にたいする無抵抗主義の宣言であり、魯迅はいくつもの雑感文で批判を加えてきた。この作品での「文化山」にも、同じ諷喩がかくされていることはいうまでもない。

そしてこの諷喩が赴くところ、赤鼻の「鳥頭先生」こと顧頡剛《こけつごう》にたいしていちばん手厳しくなる。禹も父の鯀《こん》も虫、魚だと考證した『古史辨《べん》』が徹底的にからかわれているのである。魯迅の顧頡剛への反感は、厦門時代にまでさかのぼる。広州の中山大学でも同僚として悩まされた。その反感が三〇年代半ばの小説にまで顔を出しているのは、魯迅という作家の資質に根ざす一面だろうと思う。

学者文人に対比される民衆の描き方も、そのころの魯迅の民衆像を反映していて興味深い。もう「奴隷」とは描かない。毎日の生活にあくせくする実直な民衆なのだが、それでも権勢には弱い。少なくとも反抗に立ち上がる姿としては描かれていない。権力にへつらうでもなく、反抗するでもない。洪水に苦しんでいるのに、お上に奉るのはわざわざきれいに洗った木の葉、水苔などである。生活の苦しさは、そうやってごまかされてしまうのである。

作品の後半でやっと登場する禹は、乞食そっくりの日焼けした黒い男で、足はまめだらけ、山野を跋渉《ばっしょう》して治水に専念してきたせいである。九年かかっても治水に失敗した父親に代わって水利大臣に任命された禹は、父親とは違う治水の方法を提案して、親不孝を責める役人たちに新しいやり方を命じる。父のとった「堰止め《せきとめ》」ではなく、「導水」によらねばならぬ、と。治水に有効であれば、親不孝の罪などどうでもよいというのが、禹の立場である。

こうして洪水を治めて都に戻った禹に、舜帝がねぎらいの言葉をかけたのにも、「私はただ、毎日を孜々《しし》として過したいと思うばかりでございます。」と答えるだけである。禹はあくまで行動人であり、言葉は少ないのである。

こうした禹の形象に、私は旧著『魯迅』（一九七〇年三省堂新書）で赤軍の長征を重ねあわせて描きだした。毛沢東率いる赤軍が瑞金《ずいきん》から長征に出発したのが三四年十月。

人跡《じんせき》もまれな辺境の山々を越え、再び陝西《せんせい》に姿を現したのが翌年十月、「理水」執筆の直前である。その間一般市民の目からは、「理水」の禹さながら杳《よう》として消息を絶っていた。ようやく陝西にたどりついたときの姿も、戻ってきた禹そっくりの乞食同然だったとは、エドガー・スノーの『中国の赤い星』が描きだすところである。

「むろん魯迅は彼らを見たわけではないが、『理水』を書くとき、彼の想像のなかで、民衆の不幸を救うために足をまめだらけにして黙々と治水に専念する禹の姿に、彼ら赤軍のイメージが重なることは充分にあり得たことである。」と私は記した。さらにつづけて「許広平《きょこうへい》によると、彼は赤軍が長征に成功したことを知った喜びを隠し切れず、『あなたがたの身に、中国および人類の希望を寄せています』という電報をすぐさま延安の党中央に打ったという。」という『魯迅回想録』の言葉を付け加えた。

この電報が「友人」こと茅盾と連名で打たれたこと、またその日時が三六年の二月中だったことが、その後の考証で明らかにされている。ただ名前を連ねた茅盾のほうは、魯迅から相談を持ちかけられながら、あまりはっきりとは憶えていなかったらしい。というより、その後魯迅にも、それから電報打電に力を借したはずのスメドレーにも、確かめなかったとのちのち語っている。

つまり「理水」執筆と延安への打電とのあいだには二、三カ月の間があり、私の旧著が両者を結びつけて論じたのは、早とちりだったかもしれない。魯迅が長征の成功を知ったのが「理水」擱筆後だったとすれば、私の仮説はまったく成り立たないからである。

この機会に断りを入れれば、私の旧著には他にもいろいろ早とちりないし若気の至りが散見する。今回の論述には、そこらへんの訂正の意味も込められていることを、ここに明らかにしておきたい。

伯夷・叔斉の戯画化

以上「非攻」と「理水」が理想の人物像を描いたのにたいして、つぎの「采薇《さいび》」「出関」「起死」の三編は、自己省察のわらいが主題といっていいように思う。三編とも三五年十二月の作であり、翌年はじめの出版が決まって倉卒に仕上げられた。ただそこに彼なりの自負があったことは前に述べたとおりである。

まず「采薇《さいび》」から。伯夷《はくい》と叔斉《しゅくせい》はもと孤竹君の世子、長男と三男だったが、父が三男の叔斉に位を継がせようとしたのを嫌って国を逃げ出し、同じように国を逃げてきた伯夷と合流して、いまは周の先王が作った養老院で老後をおくっている。

ところがその平穏な生活も、ついに終わるときが来る。武王が殷《いん》の紂《ちゅう》王を討つべく兵を挙げたのである。二人は武王の馬の轡《くつわ》にすがりついていさめる。「父が死んでいまだ葬らぬに兵を出す、『孝』と申せましょうや！　臣にして君を殺そうと謀《はか》る、『仁』と申せましょうや！……」

なんとかその場を助かった二人だが、これ以上周の粟《ぞく》は食《は》めぬと、養老院を逃げだして首陽山に隠れ住む。わらびを採って露命をつなぐ毎日である。だがそんな生活も、麓《ふもと》からやって来た召使い女に、「普天の下《もと》、王土に非ざるなし」と喝破《かっぱ》されて何も食べられなくなり、飢え死にして果てる。この言葉は、女が仕える小丙君《しょうへいくん》旦那の言い草だった。それを受け売りしただけなのだが、伯夷、叔斉にはこたえた。首陽山のわらびだって、たしかに「王土」のものに違いなかったから。

孔子は、「伯夷、叔斉は人の旧悪を念《おも》わず、したがって人を怨むことも稀《まれ》であった。仁を求めて仁を得たのだから、また何をか怨むことがあろう。」といって、首陽山に餓死した兄弟の高潔な心情をたたえた。ところがこの孔子の肯定的評価にたいして、漢代の歴史家司馬遷《しばせん》はまったく別の判断を下している。伯夷、叔斉の伝記を記した『史記』列伝のなかで、悪逆無道のかぎりを尽くしながら長寿をまっとうした天下の大泥棒、盗蹠《とうせき》の例を対比して、伯夷、叔斉の心境はむしろ悲しく、怨みを抱いていたはずだと述べたうえ、兄弟の悲惨な死と盗蹠の安楽な死というこの世の矛盾から推し測るに、「いわゆる天道なるものは果して是なるか、非なるか。」と書いて、天道という超越的原理の存在を疑っているのである。

孔子の肯定的な評価が、おなじように仁を求めた理想家の共感にもとづくとすれば、司馬遷の判断は歴史家の批判にもとづく。彼の目は、伯夷、叔斉が仁を求めて得た結果の悲惨を、事実として直視しないわけにいかなかったし、また二人の悲惨な死の裏側に、盗蹠《とうせき》のようなケースがある世界の矛盾をもみつめないわけにいかなかった。天道という超越的原理を拒否して、歴史を相対化する目である。

他方、魯迅が描く伯夷、叔斉のほうは、徹底的に戯画化されている。孔子と司馬遷が二人を隠士として認めているのに比べ、魯迅が描く二人には隠士の面影さえない。不孝・不忠だとして武王を責める言葉も、読者にはむしろ滑稽に映るし、そのあと追いかけてきた若いかみさんに生薑《しょうが》の煎じ薬を飲まされたり、養老院を逃げだして強盗に遭ったりする場面の描写も、作者一流の「悪ふざけ」としか思えない。首陽山での生活で、松葉団子を吐きだしたり、わらびの料理法をいろいろ披露《ひろう》したりするのも、滑稽としかいいようがない。

作者はどうやら、孔子や司馬遷とちがって、伯夷、叔斉を隠士として扱う気はさらさらなかったようにみえる。最後の場面もそうだ。「普天の下、王土に非ざるなし」という召使い女の受け売りを聞いてわらびも喉を通らなくなり、餓え死にしたはずなのに、彼女はそれすら認めない。慈悲深いお天道さまが牝鹿《めじか》をつかわして、せっかく乳を飲ませようとしたのに、欲が出て鹿を殺そうとした。鹿が気づいて逃げたため餓死したのだと言いふらした。この女中の言い分に、村の愚民たちも納得したというのが作の結末である。むろん女中の言い草はデマだと思うが、そんなデマが通用するとした結末は、この作品の性格を如実に物語っているだろう。

伯夷と叔斉は、「周の粟《ぞく》を食《は》まず」といって首陽山に隠れ住んだ。その限りでは、現代ふうにいえば非転向の知識人である。対する「普天の下、王土に非ざるなし」の張本人、小丙君は、殷の臣下でありながらさっさと周の軍門に降った転向知識人である。その彼が伯夷たちと詩を語りあったあと、立腹して非難する言葉、貧乏でどうしてよい詩が作れよう、動機が不純で詩の「敦厚《とんこう》」が失われている、自己主張が強くて詩の「温柔」が失われている、品性も矛盾だらけなどは、そのまま当時の魯迅にたいする悪意の批評だった。

また召使い女の名前を「阿金」としているのも、なかなか皮肉である。「阿金」は上海時代の魯迅宅に実際に雇われていた女中の名前で、虫の好かなかった魯迅がわざわざ「阿金」と題する雑文を書いたくらいである。その名前を借用して、伯夷、叔斉を餓死させる名言を吐かせ、しかもそれを牝鹿のせいにして自分の責任を逃れようとするのだから、魯迅もずいぶん人が悪い。

それにしても、魯迅はなぜここまで伯夷、叔斉を戯画化しなければならなかったのだろうか。それは、作者の生活環境とよく似ていたからではないかと思う。

魯迅は、日本留学時代から非転向をつらぬいてきた反体制の文学者である。そのため、検閲で文章がずたずたにされたこともたびたびあった。それでもいっぽうでは、北京時代に反動政府の教育部に勤めていたし、大学教師もやり、上海に移ってからも、二七年十二月から蔡元培《さいげんばい》に招かれて、国民政府の大学院で特約撰述員に任じている。月俸三百元で、三一年十二月までつづいた。

『故事新編』を書きすすめていた三〇年代中ごろは、印税と原稿料が収入源だったが、それだって「普天の下、王土に非ざるなし」の論理にしたがえば、「王土」のおこぼれにちがいない。生活をつづけるためには仕方がなかった。「周の粟を食まず」の覚悟と、「普天の下……」の現実とのはざまで生きるしかないという自覚が、この作品を生みだした根底に流れていると考えるのは、私だけだろうか。伯夷、叔斉は作者の自画像でもあり、作品の乾いたわらいは、現実の矛盾を生きるしかないという自覚から生まれた。私はこの作品をそんなふうに解釈している。

「出関」の老子は作者の自画像

つぎの「出関」は老子を主人公として、孔子との二度の問答にはじまり、その問答に敗北感を味わった老子が、函谷関《かんこくかん》を抜けて流沙に消えてゆくまでを描く。その間、函谷関でひきとめられて五千字の『老子』を書かされる話が挿入されている。材料は『史記』や『老子』『荘子』などからとった。

孔子との問答はわかったようでわかりにくい。第一回の問答で、孔子が「七十二人の君主に面会しましたが、だれひとり採用してくれません。」と嘆くのに、「性は改めることができぬし、命は換えることができぬ。時は留めることができぬし、道は塞《ふさ》ぐことができぬのだ。道を得ればすべてが可能となるが、道を失えばすべてが不可能となる。」と答える老子。それから三カ月して再び訪ねてきた孔子が、「自分は長いこと変化のなかへ身を投ぜず、そのくせ他人を変化させることができましょうか。」と言うのに、「そうだ、そうだ！ きみは悟ったのだ。」と答えて流沙に逃げだす決心をするあたりの問答が、もうひとつわかりにくい。

ただそのあと弟子に向かって、二人の道は同じではなかった。「おなじ靴でも、わしのは流沙を踏むもの、やつのは朝廷へ登るものだ。」と語るあたりは、私にもそれなりに理解できる。

孔子は「朝廷に登る」ために仁を説く実行家であるが、老子のほうはただの口舌の徒にすぎない。ひきとめられた函谷関での講演で、「道ノ道トスベキハ常ノ道ニアラズ、名ノ名ヅクベキハ常ノ名ニアラズ、無名ハ天地ノ始メ、有名ハ万物ノ母……」と語るのも、ちんぷんかんぷんで、常識人にはまるで通じない。関守の関尹喜《かんいんき》が老子を送りだしたあとの雑談で、「為すなくして為さざるなし」の老子には、恋愛ひとつできないだろうと嘲笑しているのは、まことに言い得て妙である。

要するにこの作品に描かれた老子は、常識人には測りがたい別世界の人間であり、孔子にたいしても、函谷関の役人たちにたいしても、眉ひとつ動かさず超然と構えている。そして黄塵濛々《こうじんもうもう》たる流沙に消えてゆく。

この小説が魯迅も関係していた雑誌『海燕』（三六年一月号）に発表されたとき、さまざまな批評が出た。これらの批評にたいして、ふだん自作への批判に答えたことのなかった魯迅が、珍しく「『出関』の関」を書いて反論している。

いま、それらの批判のなかで、誰それをモデルにしたという非難については触れない。もうひとつ、作中の老子は作者の自画像であり、そこに「身心ともに孤独感にひたされた一人の老人のおもかげ」を見た邱韻鐸《きゅういんたく》の批評についての魯迅の反批判をとりあげたい。

邱韻鐸はもと創造社員、のちに述べる国防文学論争では魯迅とは反対の立場に立ち、周揚たちの文芸家協会に加わった評論家である。私の旧著がこの邱韻鐸を徐懋庸《じょぼうよう》ととりちがえたのは早とちりだったが、邱の「海燕読後記」が載った『毎週文学』の翌号には、徐の「『故事新編』読後感」も掲載されていて、魯迅の反論にはこの徐の文章も意識されていたと思われるから、旧著の論旨もあながちまちがっていたわけではない。

魯迅の反論は、老子をまったく評価していない書きぶりである。孔子も老子もともに「柔」を尊んだが、孔子は「柔」をもって前進した実行家だったのに、老子は「柔」をもって退却した空論家だった。だから「為すなくして、しかも為さざるなし」の老子が女房さえもらえなかったという関尹喜の嘲笑に「私は賛成する」、「そこで漫画化までして、未練なしにかれを関所から追い出してしまった」と、いかにも老子を全否定しているような書き方をしている。

だが、たとえばこの描写はどうだろう。孔子が帰ったあと弟子との間に交わされる会話である。

「ごらん、歯はまだあるかな？」

「ありません。」

「舌はまだあるかな？」

「あります。」

「わかったかな！」

「先生のおっしゃる意味は、堅いものは早くなくなるが、軟いものは残るということですか？」

「そのとおりだ。……」


これも老子全否定のために描かれた会話だというのだろうか。函谷関での描写にしてもそうである。講演のときは「棒切れのように」座ったままだったし、文章として残すよう頼まれたときも、「顔色ひとつ変えず」「黙々と坐ったまま」書きつづけている。「未練なしに関所から追い出した」とは到底思えない描写ではないだろうか。

ここに描かれているのは、ただの空論家ではない。はるかに逞《たくま》しい孤独者の姿である。老子が流沙に消えてゆく最後の描写にしてもそうである。『野草』に滲《にじ》みでていたように、魯迅には昔から流沙への憬《あこが》れとでも呼べるような一面があった。何もない、砂だけの砂漠。そこに埋没したい欲求である。流沙に消えてゆく老子には、作者のそんな願望が託されていたのではないだろうか。

したがって「出関」の老子は、邱韻鐸が指摘するような、「身心ともに孤独感にひたされた一人の老人」ではなく、もっと逞《たくま》しい孤独者である。そういう自画像が描きだされたのだと私はみている。

こういう私の見方に、作者魯迅は反対だろう。彼は老子を漫画化して「未練なしに関所から追い出してしまった」のだから。でも私から言わせると、「『出関』の関」という反論は、かなり感情的になって書かれている。すでに国防文学論争ははじまっていて、邱韻鐸や徐懋庸は反対派である。魯迅が反撥するのは当然だったが、そのために自作まで全否定することはなかったと私は考える。老子の漫画化は、そんなことのためにしたのではなく、自己批評のわらいだったはずではないのか。「出関」は自己批評のわらいだったというのが私の見方である。またそうとでも考えなければ、わざわざ流沙に消える老子を主人公にして、こんな小説を書く意味はないではないか。

　最後の「起死」は、この作者には珍しい戯曲形式の小品である。楚国への旅の途中、裸の死骸に出会った荘子が、呪文を唱えて生き返らせる。ところが生き返った三十過ぎの男は、ここにはお前しかいないのだから、自分の衣服や包み、傘を奪ったのはお前だろう、すぐ返してほしいと荘子に詰め寄る。

　聞けば五百年も前の殷の紂王時代の男らしい。困り果てる荘子と、返せ返せと詰め寄る男、それに荘子が呼んだ警官がからんで、三人の問答がいかにも滑稽である。最後は警官にも荘子の正体がわかって、「斉物論」の一節「方《マサ》ニ生ケルハ方ニ死セルナリ、方ニ死セルハ方ニ生ケルナリ、方ニ可ナルハ方ニ不可ナルナリ、方ニ不可ナルハ方ニ可ナルナリ」を暗誦してみせる。そして警察署に案内しようとするのだが、荘子は旅を急ぐからと出立してしまう。あとに残された男と警官が揉《も》みあうところで幕。

　魯迅はかつて、自分は荘周の毒に当てられたことがあると述べていた。世にも「老荘思想」と一括されることがあるように、老子と荘子は師弟関係と目されている。それで老子のつぎに荘子をとりあげ、同じように「漫画化」したのだろう。せっかく生き返らせてやったのにからまれる荘子の自業自得が、ここでの諷刺の対象になっている。

荘子が好きだったからとりあげたものの、「出関」の老子とおなじく、やはり「漫画化」しなければ収まらなかったのが晩年の魯迅の心境だったろう。そんな意味でのファルス（笑劇）仕立てと私はみている。

第七章　最後の論争

ひとたび「連合戦線」の提唱があると、むかし敵に投降した一群の「革命作家」たちが「連合」の先覚者でございという顔をして、ぼつぼつ姿をあらわした。買収されて敵に内通した卑劣行為が、今となっては、すべて「進歩」のための輝かしい事業ででもあったかのようだ。

（「半夏小集」）

「左連」の解散

三六年の国防文学論争は、左連（左翼作家連盟）代表の資格で当時モスクワに駐在していた蕭三《しょうさん》が、組織の解散と、もっと幅広い新組織の結成を提議する書簡を左連に出したところからはじまる。そのころ上海の左連との連絡は魯迅経由でおこなわれていた。この書簡もまず魯迅に送られ、茅盾《ぼうじゅん》経由で周揚《しゅうよう》に届けられた。三五年の暮れごろのことだったらしい。

書簡は、左連五年間の成果をいちおう認めているものの、同時に会内に横行するセクト主義を批判している。だからこそもはや解散すべきであり、もっと幅広い統一戦線が必要だという論法である。

ただこの書簡は、蕭三の意に出たものではなく、中共コミンテルン代表団長だった王明《おうめい》の要請だったとのちに回想している。三五年八月にモスクワで開かれたコミンテルン第七回大会で、ディミトロフがファシズムに対抗する統一戦線の必要を説く演説をした。王明も演説している。そして彼は同じような統一戦線を左連にもとめたのである。

そのころ王明は中共責任者の地位を解任されて、ふたたびモスクワに戻っていたのである。蕭三は王明の意見だけでは飽きたらず、おなじようにモスクワにいた康生《こうせい》にも意見をもとめたが、王明と意見は変わらなかったという。それで仕方なく左連に提議したそうだ。

だがこの提議を受けとった周揚のほうは、むしろ渡りに舟だったにちがいない。そのころの左連は、国民党のたび重なる弾圧で、機関誌の発行ひとつままならないほど行き詰まっていた。指摘されるように、セクト主義も存在しただろう。魯迅との間が気まずくなっていたことはすでに述べたが、胡風《こふう》との対立も激化していた。日本から帰国後左連の活動に参加していた胡風は、左連の宣伝部長や行政書記などに任じていたが、メシの種として勤めていた中山文化教育館（国民党系）で左連の盟員であることがバラされたうえ、転向した穆木天《ぼくぼくてん》が胡風は国民党のスパイだと周揚たちに告げたため、左連から遠ざかるようになった。その胡風は周揚の理論的著作にも批判を加えており、両者の確執は抜きさしならぬほど激しくなっていたのである。

それはともかく、左連を解散しようとする周揚の決心のきっかけには、さらに共産党が長征途上に発した三五年八月のいわゆる八・一宣言もあった。これはのちにモスクワからの指令だったといわれているが、抗日統一戦線の結成と国共合作による国防政府の樹立を呼びかけた。その呼びかけにこたえて、北京では学生運動が盛りあがったし、上海には沈鈞儒《ちんきんじゅ》たちの上海文化界抗日救国会なども成立していた。

たしかに文芸界でもそうした統一組織は必要だったろう。左連を解散して新しい組織を作るために、周揚は魯迅にも意見をもとめた。その橋渡し役を務めたのが徐懋庸《じょぼうよう》であり、彼は三度も往来して魯迅の見解を周揚たちに伝えている。徐は左連の常務委員の一人で宣伝部長などを務めていた。同時に魯迅とも往き来があった。はじめての雑文集『打雑集』に序文も書いてもらったこともある。

徐懋庸の回想記「私と魯迅の関係の始末」（八〇年）によると、最初の会見で魯迅は、新しい統一戦線の結成には反対しないが、左連は解散すべきでない。幼稚な左翼作家がブルジョア作家と統一したら、いいように手玉にとられるだけだと述べたという。

　だが魯迅の意見は無視されて、そのあとに開かれた左連常務委員会には周揚は姿さえ見せなかった。代わりに会をとりしきったのは、左連の上部機関文化総同盟を代表して出席した胡喬木《こきょうぼく》だった。そこでは簡単に左連の解散が決定されてしまった。

　そのことを伝えるための再度の会見で、魯迅は、みなが解散を主張するなら自分に意見はない。ただ解散宣言だけはちゃんと出してほしい。さもないと国民党の圧力に負けた、ただの「潰散《かいさん》」になってしまうと述べたそうだ。その後もう一度会ったときは、ただ「それもよかろう。」と答えただけだった。

　この回想記はもう四十年以上前のことを回想しており、筆者に都合のいい解釈もまじっているかもしれないから、全面的に信用するわけではないけれども、当時の魯迅の答えぶりはさもありなんと思われる。解散しなければならないなら、せめてちゃんと声明を出してほしいとは、彼の本意だったろうから。

しかしその魯迅も、左連の実状にはかなり失望していたのであり、これから述べる論争文で左連の伝統を守れと声高に語っているのは、たぶんに建て前的だったような気がしてならない。たとえば三五年九月十二日の胡風あて手紙には、こんな悲観的見方が披瀝《ひれき》されている。

「三郎《サンラン》（蕭軍《しょうぐん》）の件は、ほとんど考えるまでもなく、自分の意見を述べることができます。それは、現在、加入しなくてよい、です。……この数年をとってみても、周囲にいる人たちのなかから、新鮮な成績をあげた新しい作家がでておりますが、ひとたび内部に入ろうものなら、無聊《ぶりょう》な紛糾にどっぷり漬かって、声もなく息も聞こえなくなると、わたしは感じております。」

こう述べて蕭軍の左連加入に反対したあと、自分も内部にいると「鉄鎖につながれ」、「背後から鞭打たれるように感じる。」しかも自分のこんな意見は「元帥《げんすい》からみると、必ずや罪状になります。」と、「元帥」こと周揚への嫌味を付け加えている。

そしてその周揚たちとの抜き差しならぬ大論戦がはじまるのである。三六年春ごろという曖昧《あいまい》な時期しかわからない左連の解散のあと、六月七日には中国文芸家協会が結成されている。茅盾や王統照《おうとうしょう》など九人の理事を選出し、会員には郭沫若《かくまつじゃく》、郁達夫《いくたっぷ》、徐懋庸《じょぼうよう》など百十一人が名を列ねている。いっぽうそれから八日後の六月十五日には、魯迅や巴金《ぱきん》、蕭軍たち六十三人連名の「中国文芸工作者宣言」が発表された。こちらは文芸家協会のようなちゃんとした組織体ではなかったけれども、対抗意識が濃厚なことはまちがいない。ただ茅盾など十名あまりがこちらの声明にも署名していて、仲介役を買ってでるつもりだったのは明らかである。また周揚や夏衍《かえん》たちの名が文芸家協会の会員名薄にみえないのは、上海地下党の指導的党員だったからだと思われる。

二つのスローガンをめぐる大論争

こうして文芸家協会のかかげる「国防文学」と、「中国文芸工作者宣言」署名者たちの「民族革命戦争の大衆文学」というふたつのスローガンをめぐる論争が本格的にはじまった。「国防文学」のスローガンはすでに前年後半には提出されていて、必ずしも文芸家協会の独占というわけではなかったが、その熱心な主唱者が周揚だったから、同協会を代弁するスローガンにもなったわけである。

いっぽう、「民族革命戦争の大衆文学」を最初に提出したのは胡風だった。六月一日発行の『文学叢報』三期に「人民大衆は文学に何を要求するか」を書いたのがそれである。九・一八（満州事変）以降の情勢を「民族革命戦争」の時代と捉《とら》え、こうした時代精神を反映した文学こそ「民族革命戦争の大衆文学」だと規定した。この胡風の論文に呼応して、宣言が発表された同じ日に出た『夜鶯《やおう》』四期は、「民族革命戦争の大衆文学」特集号を組んで、聶紺弩《じょうこんど》その他が執筆している。

「国防文学」のほうでは、文芸家協会成立の直前に書かれた周揚の「国防文学について」がひとつの代表であろう。そこでは、国防文学運動が各階層、各派別の作家たちをひとしく民族統一戦線に立たせる広汎《こうはん》な運動であり、国防の主題は漢奸《かんかん》以外のすべての作家の中心主題となるべきだと論じられていた。また徐懋庸は「人民大衆は文学に何を要求するか」という、胡風とまったく同じ題名をわざわざ使って、「国防文学」

のスローガンはすでに多くの大衆の擁護《ようご》するところなのに、胡風がことさら別のスローガンを提出するのは、故意に「新異を標榜《ひょうぼう》している」としか思えないと評した。このときの論争をまとめた『「二つのスローガン」論争資料選編』（一九八二年）上下二巻には、二百二十以上の論文が収載されていて、当時の論争がいかに熱っぽく、そして数多く語られていたかを示している。

それではこの間の魯迅の動静はどうだったのだろう。まず三六年五月に書いた「三月の租界」は、みずから序文を寄せて推奨した蕭軍の『八月の村』を、狄克《てきこく》こと張《ちょう》春橋《しゅんきょう》（文革を牛耳った四人組の主要メンバーだった）が批判したのにたいする反論である。狄克が「田軍《でんぐん》（蕭軍）は早々と東北から帰って来るべきではなかった。」とその内容の未熟さを責めたてたことを取りあげて、「こういういわくありげに頭をふるやり方は、十大罪状を列挙するよりも相手を深く傷つける。」と批判した。いくらか敏感すぎる反批判のようにみえるけれども、狄克が「国防文学」の支持者であることを明言していたから、魯迅としても敏感たらざるをえなかったのだと思われる。

三六年に入って書かれた以下三つの論文、とりわけ最後に書かれた「徐懋庸に答え、あわせて抗日統一戦線の問題について」は、論争にたいするみずからの立場を明示した力作評論として有名である。

ただそれら三論文についての私の考えを述べる前に、この三論文執筆に深くかかわった馮雪峰《ふうせっぽう》のことに少し触れておきたい。というのも「トロツキー派への回答」と「現在の我々の文学運動について」の二編は、ＯＶ・筆録となっていて、魯迅の談話をもとに馮雪峰が筆録したものだからである。魯迅の体調を心配しての配慮だった。「徐懋庸に答え……」のときも、馮雪峰がもってきた下書きに、魯迅が大幅に加筆訂正して定稿になったそうだ。

四月末に再会してからおよそ半年間、魯迅の死をみとるまで傍《そば》に付き添っていた馮雪峰は、ほかにもいろいろ貴重な証言を残している。たとえば再会したときの魯迅の沈鬱《ちんうつ》な表情と談話について、こう記している。

「私はほんとうに落伍するかもしれない。」

「この二年来、私はやつら（周揚たち）にいいようにこけにされてきた。」

そう呟《つぶや》く魯迅の表情が暗かったことを回想している。（「一九三六年周揚たちの行動および民族革命戦争の大衆文学スローガンの経過」七九年「新文学史料」二期）再会の喜びよりも、現状への不満のほうが勝っていたというのである。

そもそも長征を終えた馮雪峰が陝西《せんせい》から派遣されてきた任務は、連絡の切れていた上海の地下党との関係を修復することと、上海文芸界の現状を掌握して、魯迅、茅盾を中心とする統一戦線を結成することだった。そのために上海に着いた翌日には魯迅家を訪れているのだが、その後二週間そのままかくまわれるなど、完全に魯迅の側に立って行動するようになる。胡風が「民族革命戦争の大衆文学」のスローガンを提出する論文を書いたときも、相談に乗ったという。その任務の性質上、地下に潜伏した党の責任者だった周揚とも会う必要があったのに、面会を断られたそうだから、周揚からすれば、馮雪峰は完全に魯迅側とみられていたのだろう。

話を魯迅に戻そう。第一の論文「トロツキー派への回答」は、周揚たち地下党と魯迅との争いにつけこんで、彼をとりこもうとしたトロツキー派の手紙に反撃した文章である。筆者は、自分を非難する数人の「戦友」がいることは認めている。しかしだからといって、トロツキー派に組みする気はまったくない。「あの着実に、大地を踏みしめて、現在の中国人の生存のために血を流して奮闘している人々を同志として持ち得たことは、自ら光栄だと思っております。」と明言するのである。

同じく馮雪峰の筆録による「現在の我々の文学運動について」は、現状を「全国一致して日本にあたる民族革命戦争の時代」と規定したうえで、プロレタリア革命文学を提唱した左連の時代から一歩を進めて、現在必要なのは直面する民族の危機を表現する文学である。これこそが「民族革命戦争の大衆文学」であり、この総スローガンの下に、「国防文学」「救亡文学」「抗日文学」などの臨機応変の具体的スローガンがあってもかまわないと述べている。

これを読んだ茅盾はさっそく「『現在の我々の文学運動について』について」を発表して、仲介者の立場を打ち出した。胡風論文の曖昧さを指摘しながらも、「国防文学」のスローガンに寛容だった魯迅論文を評価したのである。

ただ魯迅論文はたしかに「国防文学」スローガンの存在を一応は認めているけれども、そのあとすぐつづけて「スローガンを出し、空論を語る」手合いを批判している。この手合いが周揚をさすことはいうまでもない。それなのに茅盾がいっさい触れないのは、仲介者の苦しい立場だったろうか。

さらにつづけて茅盾は「紛糾を引き起こした二つのスローガンについて」を執筆して、これ以上の論争の停止を呼びかけた。郭沫若の「国防・汚池・煉獄《れんごく》」中の言葉「国防文芸は作家関係間の標識であって、作品原則上の標識ではない」に自分も賛成だと述べ、「国防文学」を創作のスローガンとした周揚の見解はまちがっているとした。また「民族革命戦争の大衆文学」は、左翼作家に前進を促《うなが》す創作スローガンだとも述べている。

ところがこの茅盾の提案にたいしては、さっそく周揚が反論した。論争の停止どころではなかったのである。――自分も郭沫若先生のいう「作家関係間の標識」に反対するものではない。けれども同時に、「国防文学」は一般の作家たちにたいしても国防を主題とした作品を書くよう「期待」し、「希望」するものであり、その意味では創作スローガンといってもよい。それをセクト主義呼ばわりするのは、茅盾先生のほうがまちがっている。また魯迅先生たちの「民衆革命戦争の大衆文学」が無産革命文学の現在における発展だとするのも、おおいに議論する余地がある。このスローガンが作家の現実にたいする一定の態度の表明とはとてもみなされない。左翼作家の創作スローガンとしては不適当といわなければならない。それにこんなスローガンを別個に提出すること自体、いたずらな混乱をもちこんだだけではないか。われわれにいま必要なのは、進歩的現実主義の方法を獲得すべく不断に努力することである。（「茅盾先生と国防文学のスローガンを論ず」三六年八月）

魯迅の反撃

魯迅はこれらの応酬《おうしゅう》をみきわめたうえで、「徐懋庸《じょぼうよう》に答え、あわせて抗日統一戦線の問題について」を執筆した。直接のきっかけは、徐懋庸からの手紙である。魯迅はこの手紙を差出人には無断で全文引用している。よほど腹が立ったのである。とくに手紙が胡風、黄源《こうげん》、巴金を悪《あ》しざまに中傷したことがよほど癇《かん》にさわったのだろう。胡風たちは自分の「友人」だと言明して、それを中傷する手紙の文言にひとつひとつ反論を加えている。一時は同じ「友人」として遇したこともある徐懋庸の言動だけに、よけい許せなかったのだと思う。

いっぽう、目下《もっか》急務の抗日統一戦線の問題については、自分の立場をこんなふうにはっきり表明している。

「中国の現下の革命的政党が、全国人民に提出した抗日統一戦線の政策は、私は見た。私は支持する。私は無条件でこの戦線に参加する。その理由は、私は一個の作家であるばかりでなく、一個の中国人でもあり、私にとってこの政策が、きわめて正確であると認められるからである。」

「私は見た」「私は支持する」「私は無条件に参加する」といった筆者の感動をこめた

言葉の背後に、再会した馮雪峰《ふうせっぽう》との談話があったことはまちがいない。馮が出発した瓦窑堡《がようほ》では、あるべき統一戦線に関する共産党の新政策が議論されていた。毛沢東の見解は、モスクワ仕込みといわれる八・一宣言ともニュアンスがちがって、統一戦線における共産党の役割を強調していた。魯迅が支持を表明したのも、この新政策だったのである。

さきの文化大革命中、この文学論争について、魯迅の提出した「民族革命戦争の大衆文学」こそ毛沢東路線であり、周揚の「国防文学」は王明《おうめい》路線だとする見方が一般的だった。たしかに周揚たちが創刊にかかわった『新文化』一号（三六年二月）には、王明がコミンテルン大会でした報告が掲載されている。だから周揚が王明路線の影響下にあったというのも、それとして肯《うなず》けないことはない。いっぽうの魯迅が毛沢東の考え方を支持したこともまちがいないから、二つのスローガンが王明路線と毛沢東路線の反映だとする文革中の見方も、それなりに理解できなくはない。ただ私は、魯迅の考え方はあくまでも自己の文学から出たものであり、毛沢東路線への支持表明も、同じ文学観から発したものだと考えている。政治路線からする支持ではなく、自分の文学信念からの支持だったと思うのである。

つづけて筆者は、茅盾が賛意を表明した郭沫若《かくまつじゃく》の発言「国防文芸は作家関係間の標識」に自分も賛成すると述べ、どの派別の作家であれ、可能なかぎりすべての文学者が抗日のスローガンの下に団結すべきことを訴えた。

「民族革命戦争の大衆文学」は、この点で、左翼作家を抗日民族革命戦争の前線に「押しやる」ためのスローガンであるが、同時に一般の作家にたいしても前進を促すスローガンなのだと述べて、正当性を主張している。しかもこのスローガンは自分が胡風に頼んで書いてもらい、茅盾とも相談のうえだったとするのである。

他方「国防文学」のスローガンには多くの曖昧さや誤りが含まれているが、それでも「すこぶる通俗的で」「すでに多くの人の耳に熟している」から、やはり存在すべき価値はある。

そう述べて一応はふたつのスローガンの併存を認めるものの、文芸家協会が幅広い統一戦線であることには疑問を投げかけている。自分も参加を見合わせた。そうしたら「指導者」から「統一戦線破壊」の罪名を着せられた。「かれらは敵からの回し者ではないか」とまで言い切っている。

文芸家協会の中心にいた周揚たちへの不信はこれほど深かったのである。文中にはこんな曝露まである。あるとき、夏衍《かえん》の申し入れで田漢《でんかん》、周揚、陽翰笙《ようかんしょう》と会った。車で乗りつけた彼らが胡風をスパイ呼ばわりしたので、理由を訊《たず》ねると、転向した穆《ぼく》木天《ぼくてん》の口から聞いたという。転向者の言を信じる彼らが信用できるのか。

同じころ執筆したアフォリズムふう短文「半夏小集」には、こんな記述がある。

「ひとたび『連合戦線』の提唱があると、むかし敵に投降した一群の『革命作家』たちが『連合』の先覚者でございという顔をして、ぼつぼつ姿をあらわした。買収されて敵に内通した卑劣行為が、今となっては、すべて『進歩』のための輝かしい事業ででもあったかのようだ。」

ただここで転向した「革命作家」の一人に擬《ぎ》せられた田漢についても一言しておきた

い。彼は国民党に逮捕拘禁《こうきん》されたあと、政府のお膝元《ひざもと》の南京で芝居を上演したことがある。魯迅はこのことを「転向」とみなしたのだろうが、友人（たぶん夏衍あたりか）の忠言で中止したあとの経歴は、抗日の姿勢で一貫している。現在の国歌「義勇軍行進曲」が彼の作詞であることは周知のとおりである。

穆木天についても同様のことがいえる。三四年国民党に捕まったあと、プロレタリア文学を否認する内容の供述書を提出したことはたしかなようだが、その後の活動は必ずしも国民党べったりとはいえない。各地の大学教師を務めながら詩や詩論を数多く発表し、留日して東大仏文科を出た経歴を活かして、バルザックなど数々の翻訳もしている。

魯迅文学の原点

三六年十月に亡くなった魯迅には、田漢や穆木天のその後をみとどけることはできなかったのだから、二人を転向者と決めつけたことには理由はあった。だが周揚たちはこの二人を盟友として遇した。そこが魯迅とのちがいであろう。ことに論争当時、魯迅は国民党に処刑された旧友瞿秋白《くしゅうはく》の遺稿を整理、出版しようとしていた。同じく国民党に殺された柔石《じゅうせき》たちの思い出も消えていなかった。もっとさかのぼれば、二七年の反共クーデターで消された学生たちの追憶もある。そこに流されたおびただしい血、そして生き残ったみずからへの贖罪《しょくざい》感、これこそ魯迅文学の原点だった。いうまでもなくこのときの論争文の底にもそれが流れている。だから論争相手にきびしく当たらざるをえなかったのである。

いっぽう茅盾や魯迅に賛意を表された郭沫若の立場は微妙だった。たしかに郭沫若は「国防文芸は作家関係間の標識」として、創造上のスローガンであることは否定した。そのかぎりでは周揚の意見を修正したようにみえるけれども、「徐懋庸《じょぼうよう》に答え……」を読んだあとに書かれた「苗を捜す検閲《けんえつ》」では、魯迅の擁護《ようご》する「民族革命戦争の大衆文学」には否定的態度を明らかにしている。認識が不正確であるうえに、「新異を標榜《ひょうぼう》」して文芸界に無用の混乱をもちこんだ、と。茅盾にたいしても批判的な言辞をつらねている。

しかしこの激烈な論戦にも、ようやく終局がみえてきた。まず馮雪峰が「呂克玉《ろこくぎょく》」の筆名ではじめて意見を表明し、二つのスローガンは同じ内容とみなすべきだと述べた。（九月十五日『作家』一巻六号）

さらに十月二日には、魯迅、茅盾、巴金たちが郭沫若と連名で「文芸界同人の団結御侮《ぎょぶ》と言論自由のための宣言」を発表した（御侮は外国の侮りをふせぐの意）。抗日救国という共通の目標のためにあらゆる派別の文学者の団結を訴え、言論の自由を国民党政府に要求しようではないかと。

この二十一名の署名に周揚や徐懋庸など「国防文学」の強硬派の名が見えないのは、論戦の末期に介入した陳伯達《ちんはくたつ》と劉少奇《りゅうしょうき》の論文のせいではないかと思われる。二人はともに共産党の大立物であり、劉少奇は都市政策の責任者だった。陳伯達の論文がこれ以上の論争を打ち切るべきだと述べているのにたいして、劉少奇の論文は周揚たちの「関門主義」と「宗派主義」を厳しく批判したのである。

筆名「莫文華《ばくぶんか》」名義の劉少奇論文「このたびの文芸論戦の意義を見る」が発表されたのは十月十五日、発表誌は魯迅の「徐懋庸に答え……」や馮雪峰の前記論文と同じ『作家』だった。彼の立場が魯迅寄りだったことは明らかであり、論文のなかで呂克玉（馮雪峰）の意見に賛成だと述べているから、馮雪峰とは事前に打ち合せがあったのかもしれない。この論文の掲載が魯迅の亡くなる四日前だったことも象徴的である。

こうしてさしもの大論争も、馮雪峰、陳伯達、劉少奇の介入によって終息に向かい、最後は魯迅の死によって終了した。私は魯迅の言いぶんがすべて正しく、周揚たちの見解がすべてまちがっているとは思わない。「民族革命戦争の大衆文学」のスローガンは、魯迅の気持ちはわかるけれども、「国防文学」のスローガンとむりやり対立させる必要まではなかったのではないか、と考える。

周揚たちへの人間的不信は別である。それはそれで魯迅の文学的立場だったと思うからである。このたびの論争は、そちらの面のほうが主だったのではないか。いまはそんなふうに考えている。

むすび

魯迅の逝世《せいせい》は、一九三六年十月十九日朝五時二十五分、享年五十六歳だった。前日、内山完造に須藤医師の往診を頼む走り書きを日文でしたためたのが絶筆である。そして亡くなった三十分後には、馮雪峰《ふうせっぽう》、内山完造、蕭軍《しょうぐん》らが駈けつけ、孫文未亡人の宋慶齢《そうけいれい》も少しおくれてやってきた。そこで治喪《ちそう》委員会十三人の名簿が作られ、蔡元培《さいげんばい》、許寿裳《きょじゅしょう》、茅盾《ぼうじゅん》らとともに、毛沢東の名もあげられた。馮雪峰のつよい推薦だったろう。中国共産党中央委員会とソヴェト中央政府名義の電報も打たれた。「魯迅先生一生の光栄ある戦闘事業は、中華民族すべての忠実な子女の模範となり、民族解放、社会解放、世界平和のために奮闘する文人の模範になった。……」と。

翌日から三日間にわたってとりおこなわれた葬儀には、民衆五千人が参列し、遺体には墨痕《ぼっこん》あざやかな「民族魂」の白布がかけられたという。徐懋庸《じょぼうよう》も周囲の反対を押し切って参列したと、のちの回想に記している。

いま虹口《ホンキュウ》公園にある墓は、五六年十月に万国公墓から移されたもので、毛沢東が「魯迅先生之墓」の六文字を揮毫《きごう》している。公園の一角には上海魯迅記念館もあり、私も墓参りと記念館見学に訪れたことがある。

公園からほど遠くないところには、いまは銀行になっている内山書店跡があり、さらに奥に回ると、魯迅旧宅のアパートがそのまま保存されている。そのほか広州の白雲楼や北京の旧宅も訪れたが、どれも生前の質素な暮らしぶりが伝わってきて、往事をしのぶ恰好のよすがではあった。紹興の生家跡には記念館が建っていて、近くに「咸亨《かんきょう》酒店」があるのには驚かされた。創作中の酒店が実際にあったように営業しているのだから。商魂の逞《たくま》しさであろう。結構にぎわっていた。

最後に、この論争で魯迅が書いた力作評論「徐懋庸《じょぼうよう》に答え、あわせて抗日統一戦線の問題について」がその後たどった運命について一言しておきたい。

いっぽうの立役者だった周揚《しゅうよう》は、論争終結後延安の解放区に入り、毛沢東の信認を得て、農民作家趙樹理《ちょうじゅり》の登場を歓迎する論文を書くなど、文芸界の第一人者として活躍した。全国解放後の新政権では、党の宣伝部副部長、政府の文化部副部長、作家協会副主席として文芸界に君臨した。事実上、党の文芸政策を代弁する立場に立ったのである。

その周揚が五七年の「反右派闘争」で馮雪峰《ふうせっぽう》を槍玉にあげた。当時馮雪峰は人民文学出版社の社長であり、『魯迅全集』の責任者を兼ねていた。作家協会の党組織拡大会議に何度も呼びだされた馮は、夏衍《かえん》の「爆弾発言」などもあって「徐懋庸に答え……」を実際に執筆したのは彼だと難詰《なんきつ》された。周揚もこれに同調して、この評論は馮が胡風《こふう》と結託して、魯迅が病中にあるのをいいことに、勝手に制作したものだと断言した。そのころ胡風はすでに「反革命分子」として獄中にあったから、その胡風と結託して魯迅をあざむき、周揚、夏衍たちに打撃をあたえたというのだから、その罪状はかなり大きいといわなければならない。拡大会議には許広平《きょこうへい》も出席していて、二十年前には夫の魯迅にあれほど寄り沿っていた馮雪峰に面罵《めんば》を浴びせたという。ただ魯迅の原稿は魯迅博物館に保管されているから、これをみれば馮雪峰《ふうせっぽう》の元の原稿と魯迅の改筆の跡がはっきりわかるとも語っていて、その限りでは周揚《しゅうよう》に不利な証言でもあったらしい。周揚は胡風《こふう》批判のときすでにこの原稿を検査していたのだから、魯迅の加筆がいかに大幅だったか知っていたはずである。にもかかわらず馮雪峰批判の会議では、このことはついに語らずじまいだった。

結局、馮雪峰は「右派骨干分子」として処断され、党籍も剝奪された。また『魯迅全集』の「徐懋庸《じょぼうよう》に答え……」の注釈にも、これは馮雪峰が代わりに執筆し、当時の左連を指導していた党員作家にセクト主義の態度でのぞみ、事実に合わない指弾をした、と書かれたのである。この注釈原稿を見た馮雪峰は憤慨したけれど、あとの祭りだった。

ところが一九六五年に文化大革命がはじまって周揚も批判されると、ふたたび「徐懋庸に答え……」が別の角度から取りあげられた。魯迅は毛沢東路線を支持し、周揚は王明《おうめい》路線を支持した。そのちがいがこの評論文に如実に反映されているというのである。まえにも記したように、たしかにそのちがいはあった。加えてこの評論文のなかにある、夏衍たちに魯迅が呼びだされて胡風がスパイ呼ばわりされたところに、周揚、田漢《でんかん》たちを原文「四条漢子」と呼んだことが問題視された。竹内好《よしみ》の訳文などで「四人の男」となっている原文「四条漢子」は、「漢子」は「男」でよいとして、「四条」の「条」は犬や猫を数えるときにも使われる量詞だから、筆者の軽蔑の意がかくされていることはまちがいない。つづけて「周起応《しゅうきおう》（周揚）のような、軽々しく人を中傷する青年のことは、逆に疑わしい、または憎むべき人間だと思うようになった」と記されている。このあたりを捉《とら》えて、周揚たちは「四条漢子」と呼ばれ、軽蔑打倒の対象となったのである。

むろん周揚や夏衍、田漢たちが反革命であるわけがない。その点で文革の批判は根本的にまちがっていた。彼らは文革終了後みな名誉回復した。馮雪峰も文革末期に病没していたが、同じく名誉回復した。

私は馮雪峰の名誉回復を喜ぶとともに、周揚の名誉回復も当然の成り行きと思っている。ただ魯迅の文章がこんなふうに何度も政治問題にまで発展したことには、かなりの抵抗を覚えざるをえない。魯迅としてはただ自分の文学観から意見を述べただけなのに、二十年後、三十年後にまで政治問題化された。されざるをえなかった。そこに宿命のようなものをみるのである。

この小冊子での魯迅の文章の引用は、収録されているかぎり竹内好訳『魯迅文集』（筑摩書房、一九七六―七七年）によった。亡き竹内さんへの私の敬愛の思いからである。その他の文章の訳文は、学習研究社版『魯迅全集』（一九八四―八六年）によった。この全集は、中国で出版された八一年版『魯迅全集』の注釈を含めた全訳である。さらに二〇〇五年にはその新版も出て、いずれもたいへん参考になった。ここに記して、中国版の二つの全集および竹内さんと学研版訳者たちに厚くお礼を申しあげたい。

檜山久雄（ひやま・ひさお）
1930年、東京に生まれる。第一高等学校（旧制）、東京大学文学部中国文学科を卒業。東大在学中より『新日本文学』の編集に携わる。広島大学、青陵女子短期大学の教授を歴任。中国文学者。
著書に『魯迅』『魯迅と漱石』、共著に『現代中国の作家たち』『魯迅と現代』などがある。

魯迅《ろじん》―その文学《ぶんがく》と闘《たたか》い　　レグルス文庫 267

2008年12月26日　初版第1刷発行

著　者　檜山久雄《ひやまひさお》
発行者　大島光明
発行所　株式会社　第三文明社
東京都新宿区新宿 1-23-5　郵便番号　160-0022
電話番号　03(5269)7145（営業）
03(5269)7154（編集）
URL　http://www.daisanbunmei.co.jp
振替口座　00150-3-117823
印刷所　明和印刷株式会社
製本所　大口製本印刷株式会社

ISBN978-4-476-01267-5

REGULUS LIBRARY

レグルス文庫について

レグルス文庫〈Regulus Library〉は、星の名前にちなんでいる。厳しい冬も終わりを告げ、春が訪れると、力づよい足どりで東の空を駆けのぼるような形で、獅子座〈Leo〉があらわれる。その中でひときわ明るく輝くのが、このα星のレグルスである。レグルスは、アラビア名で〝小さな王さま〟を意味する。一等星の少ない春の空、たったひとつ黄道上に位置する星である。決して深い理由があって、レグルス文庫と名づけたわけではない。ただ、この文庫に収蔵される一冊一冊の本が、人間精神に豊潤な英知を回復するための〝希望の星〟であってほしいという願いからである。

都会の夜空は、スモッグのために星もほとんど見ることができない。それは、現代文明に、希望の冴えた光が失われつつあることを象徴的に物語っているかのようだ。誤りなき航路を見定めるためには、現代人は星の光を見失ってはならない。だが、それは決して遠きかなたにあるのではない。人類の運命の星は、一人ひとりの心の中にあると信じたい。心の中のスモッグをとり払うことから、私達の作業は始められなければならない。

現代は、幾多の識者によって未曾有の転換期であることが指摘されている。しかし、その表現さえ、空虚な響きをもつ昨今である。むしろ、人類の生か死かを分かつ絶壁の上にあるといった切実感が、人々の心を支配している。この冷厳な現実には目を閉ざすべきではない。まず足元をしっかりと見定めよう。眼下にはニヒリズムの深淵が口をあけ、上には権力の壁が迫り、あたりが欲望の霧につつまれ目をおおうとも、正気をとり戻して、たしかな第一歩を踏み出さなくてはならない。レグルス文庫を世に問うゆえんもここにある。

一九七一年五月

第三文明社